@latrentainetmtc

CHRONIQUES DE LA TRENTAINE (TMTC*)

W0385625

* "toi-même tu sais" pour les boomers

MANGO Society

Textes et illustrations : @latrentainetmtc

Direction : Guillaume Pô
Direction éditoriale : Tatiana Delesalle
Édition : Juliette Magro
Préparation de copie : Camille Salomon
Relecture : Laure Bourgeaux et Claire Breton
Direction artistique : Chloé Eve
Création graphique : Caroline Soulères
Mise en pages : Le Studio d'exées
Direction de fabrication : Thierry Dubus
Fabrication : Sonia Romeo

Crédits : tous les émojis : © Shutterstock ; p. 8 (pizza) : © @latrentainetmtc ; pp. 12 et 24 (aspirateur) : © Frankie Angel / Alamy ; pp. 30, 102 et 166 (Josh Hartnett) : © PictureLux / The Hollywood Archive / Alamy ; p. 58 (ponceuse) : © Shutterstock ; p. 82 (Porsche) : © Seen by me / Alamy ; p. 82 (épave) : © DR ; p. 92 (Bescherelle Le coffret de la langue française) : © Hatier 2019 ; p. 101 (plage) : © DR ; p. 113 (boîtes en plastique) : © Shutterstock ; p. 133 (WC) : © DR ; pp. 160 et 163 (Diddl) : © Thomas Goletz ; pp. 172-173 (Nabil Taleb) : © Fabio Anastacio (@fabio_anastacio) et © @vinc4nt ; pp. 172-173 (loutres) : © Shutterstock.

www.mangoeditions.com
Instagram @mangoeditions

Dépôt légal : septembre 2021
1re édition
N° d'édition : MN27468
ISBN : 978-2-3170-2746-8
Code MDS : MN27468

Achevé d'imprimer en août 2021 par Graphycems en Espagne

Ce livre s'inscrit dans une démarche écoresponsable : il est composé de matériaux issus de forêts bien gérées certifiées FSC® et d'autres sources contrôlées.
Cette certification garantit une empreinte carbone réduite et une gestion raisonnée de la forêt, qui maintient la biodiversité et protège les écosystèmes. Il est imprimé avec des encres à base d'huile végétale, c'est-à-dire fabriquées principalement à partir de matières premières renouvelables, sans huiles minérales et biodégradables.
Il a été imaginé et conçu en France et imprimé en Europe.

FSC www.fsc.org
MIXTE
Papier issu de sources responsables
FSC® C007507

SOMMAIRE

CASSDÉDI

À tous les ouins-ouins qui me suivent et lolent avec moi sur les internets*.
À mes gars sûrs, évidemment.
À ma famille aussi, qui comprend pas tout mais me soutient fort.
À tous ceux et toutes celles avec qui j'ai partagé un shot de tequila IRL.

* sauf celles et ceux qui bouffent des pizzas à l'ananas, respectez-vous svp

Hello mon petit pangolin,

Si tu me lis, c'est que tu es probablement dans ta trentaine.
(Si t'as encore 20 ans, c'est beaucoup trop *soon* pour que tu saches tout ce qui va suivre. Prépare un sac en papier, tu risques d'hyperventiler deux ou trois fois.
Si t'as plus de 30 ans, il y a de fortes chances que tu aies acheté ce bouquin pour me faire plaisir. Coucou papa, coucou maman !)

En bon ou bonne trentenaire que tu es, tu as dû t'égosiller sur du Larusso, mater la *Star Ac*, jouer à *Snake* sur ton 3310, connaître les booms et les quarts d'heure américains, te faire briser le cœur *hardcore* minimum une fois et t'es sûrement un peu *fucked up* (j'écoute une bonne chanson de Lomepal là pour me mettre dans l'ambiance).

Parce qu'on va pas se mentir, on est tous et toutes un peu cassées, *full* névroses, « quisuisje-oùvaisje-pourquoijesuislà-dansquelleétagère ».

Je ne suis pas fan de développement personnel.
Donc je ne vais pas te dire que « *30 is the new 20* », que t'es ta *best personne ever* à 30 ans et qu'il te suffit de quelques respirations en pleine conscience, de bouffer des graines de chia et d'une séance de yoga pour être au top du top.
Faux. Je te cache pas que tu vas en chier.

Mais bon, si ça peut te rassurer, on est tous et toutes dans le même sac ♥

la trentaine.

happy 30

(avoue ma coloc fait les gâteaux
d'anniv les plus stylés)

30 ans, tu fêteras

- des cheveux blancs tu auras
- mais toujours un peu d'acné tu garderas
- la semaine pour te remettre de ta cuite il te faudra
- à Tiktok® rien tu ne comprendras
- dans un bon matelas tu investiras
- en EVJF et mariages ton PEL tu videras
- boire en semaine tu regretteras
- dans ton feed full bébés il y aura
- de ton horloge biologique tout le monde s'enquerra

le combo des 30 ans

☑ les poils à des endroits chelous

☑ la carte de fidélité chez l'ostéo

☑ les aliments qu'on digère plus

☑ la cure de vitamines

parce que "j'ai besoin d'un truc pour me booster là"

☑ les cheveux

témoignages

Je crois que je suis grand(e) car...

Écrivez quelque chose...

Je crois que je suis grand(e) car...

Je suis trop excitée par l'achat d'un aspi' Dyson™

cette réponse est revenue SOUVENT... genre vraiment souvent...

Je crois que je suis grand(e) car...

Le dernier 18-25 ans qui m'a bousculée dans la rue m'a dit « pardon Madame »

ouch...

Je crois que je suis grand(e) car...

Je me lève tôt pour « faire des choses de ma journée »... au secours !

send help !

Je crois que je suis grand(e) car...

« On a sept mariages cet été. On se voit en octobre plutôt ? »

en 2022 tu as un créneau ?

Je crois que je suis grand(e) car...

À minuit : ça vous dirait une p'tite tisane ? Plutôt « nuit calme » ou « ventre léger » ?

Je crois que je suis grand(e) car...

Je suis hyper satisfaite d'avoir du linge de maison assorti et de qualité (j'ai changé putain...)

Je crois que je suis grand(e) car...

Maintenant je sais vraiment ce que l'expression « gueule de bois » veut dire

+ bonus : je mets 3 jours à m'en remettre (au moins)

Je crois que je suis grand(e) car...

J'ose exprimer à mon partenaire ce que je veux au pieu 😉

🔥 🔥 🔥

ouiiiiii

Je crois que je suis grand(e) car...

J'écoute France inter tous les matins et on ne m'y oblige pas

ADULTHOOD level 1000

Je crois que je suis grand(e) car...

Je ne comprends plus la musique des jeunes et je dis « les jeunes »

"wejdene" ça te parle ?

Je crois que je suis grand(e) car...

J'ai des plantes et elles ne meurent plus

(parle pour toi)

Je crois que je suis grand(e) car...

Les stagiaires sont nés en 2002

Oh wow.

Je crois que je suis grand(e) car...

Je vois bien maintenant que mes parents n'ont aucune idée de ce qu'ils font 😂

lol

liste des trucs que j'aime
et qui prouvent que j'ai vieilli...

- le chocolat noir
- le thé
- les brocantes
- faire le marché
- le yoga
- bruncher
- les siestes
- aller chez le fromager
- broder
- les week-ends à la campagne
- passer des soirées solo
- le silence
- Arte
- les plantes vertes (même si je les tue toutes)

~~minuit~~ 21 heures

20 ans

30 ans

kit pour une soirée de trentenaire réussie

- [x] de l'alcool mais de qualité stp

- [ ] des jeux de société (pck on n'a plus rien à se dire ?)

- [ ] full eau pour éviter la gueule de bois

- [x] la tisane nuit calme

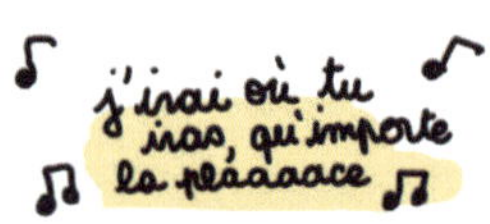

- [ ] Céliiiine

- [x] des sujets de qualité

- [ ] l'apéro healthy

- [ ] des invités surprises

20 ans 30 ans

entendu en "soirée"*

*comprendre dîner posé chiant

non je préfère pas me coucher tard j'ai des trucs à faire demain

blablabla crédit d'impôt blablabla

Tu l'as acheté où ton canapé ?

tu me goûteras ce petit comté de folie

Ça vous dit un jeu de société ?

nuit calme ou ventre léger ?

on a refait la moquette faut que je te montre

SOS.SEND.HELP.

les gueules de bois

durée de la gueule de bois

20 ans

30 ans

stratégies de trentenaires pour picoler comme jaja

① l'eau, la botte secrète des trentenaires

② citrate vie

les trentenaires en vacances être comme...

20 ans
monoï
30 ans
50+

le côté obscur de la trentaine...

- Être hypé par le fait de changer d'éponge pour faire la vaisselle plus efficacement
- Refuser des soirées pour rester en tête à tête avec Netflix®
- S'offrir un Thermomix®
- Demander aux collègues de travail des astuces pour dégraisser le four
- Se prendre de passion pour les bougies parfumées
- Se mettre au batch cooking et trouver ça GÉ-NIAL

- Regarder des tutos
"différentes utilisations du bicarbonate"
- S'enthousiasmer un peu trop au rayon Tupperware®
- Commencer à dire
"non mais c'est pas que j'aime pas, c'est que je digère pas"
- Faire la vaisselle direct après une soirée
- Arrêter le café après 16 heures sinon "je vais plus dormir"
- Avoir super hâte d'utiliser un produit pour détartrer sa machine à laver
- Répondre "j'ai acheté de bonnes casseroles" à la question "t'as fait les soldes ?"
- Se mettre au tricot pour "éviter les écrans"
- Claquer 1000 balles dans un matelas

les cadeaux

cher père Noël,

Cette année j'ai été super sage (ou pas).
Voici ce que je voudrais sous le sapin :

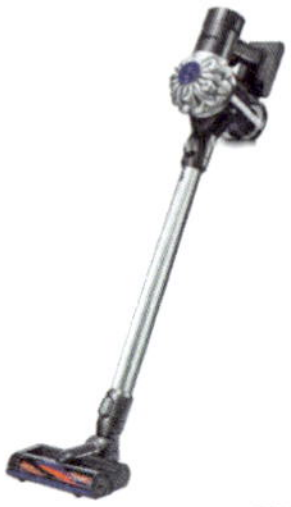

un Dyson™

un robot de cuisine
(mais le rose stp te trompe pas)

des bougies parfumées

une cocotte
(même si j'ai aucune idée de ce que je vais pouvoir faire avec)

une bouillotte

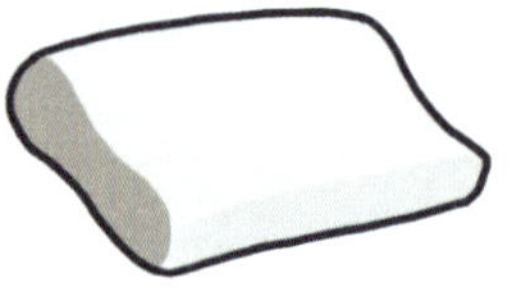

des oreillers à mémoire de forme
(no comment)

Gros bisous ♡

PS : S'il te reste de la place je veux bien un Womanizer™
PS2 : Punaise, j'ai bien changé

20 ans 30 ans

team Compeed® vs team confort

test psychologique*

Quel(le) trentenaire es-tu ?

POUR TE REMETTRE D'UNE ÉNORME GUEULE DE BOIS, IL TE FAUT :

- ▲ Une journée
- ■ Une semaine
- ● Une année

EN SOIRÉE AVEC LES COPAINS, ÇA BITCHE SUR :

- ▲ qui va choper qui
- ■ qui va accoucher avant qui
- ● qui va divorcer avant qui

SAMEDI. MINUIT. TA PHRASE FÉTICHE :

- ▲ "Shots ?"
- ■ "Nuit calme ou ventre léger ?"
- ● "Zzzzz"

TES BAGAGES ÉMOTIONNELS, TU PEUX LES RANGER DANS :

- ▲ Un mini sac à dos
- ■ 3 valises et un carton
- ● Un semi-remorque

DANS TON BAC À BIÈRES, IL Y A :

- ▲ Des bières
- ■ des légumes
- ● C'est quoi un bac à bières ?

LE FILM DE TON ÉTÉ, C'EST PLUTÔT :

- ▲ Very Bad Trip
- ■ Un remake des Petits Mouchoirs
- ● 4 mariages et un EVJF

* level comptoir

À LA PLAGE, J'APPORTE :

- ▲ Ma bite et mon couteau
- ■ Ma bite, mon couteau et la crème indice 50
- ● Ma bite, mon couteau, la crème indice 50, le parasol, les mots fléchés, la glacière, le t-shirt anti-UV, la gourde, la bouée licorne & la chaise pliante

DIMANCHE MATIN.
C'EST QUOI LE PROGRAMME ?

- ▲ Dimanche maquoi ? connais pas
- ■ Heureusement, j'ai pas trop picolé hier. Je vais pouvoir "profiter de ma journée"
- ● Casto, nettoyage de la voiture, ménage préparation des tup' de la semaine

Résultats

▲ UN(E) ADO

Soit t'es mineur(e), soit t'es dans le déni. Mais ton estomac est là pour te rappeler tes 30 bougies.
Vive le citrate de bétaïne®.

■ UN(E) ADULTE

Ça y est t'es grand(e). T'as probablement investi dans un bon matelas parce que "le sommeil c'est important". Et tu fantasmes secrètement sur un aspi Dyson™.
La trentaine, tmtc.

● UN(E) SENIOR

A priori t'as loupé la case 30, t'es passé(e) direct à la case chiante.
Même ma grand-mère sort plus que toi.
Lâche un peu ton plaid !

30 ans

J'avoue que si on m'avait demandé, à l'époque où j'avais un Skyblog, des Buffalo® et un Nokia 3310®, comment je me voyais à 30 ans, j'aurais probablement répondu :
« MariiéE AvEc L'HomMe de Ma Viie, 2 eNfAntS, un Chiien et une JOliie Maison »
(bah oui, on écrivait comme ça à l'époque des Skyblogs.)
30 ans pour moi c'était si vieux.
In fine : ni mec, ni gosses, ni chien, ni maison.

Mais j'aime mes 30 ans comme ça.
Des potes incroyables, une vie affective pleine de rebondissements, un taf passionnant (COUCOU ! TU ES EN TRAIN DE LIRE MON LIVRE QUOI ! J'AI SORTI UN LIVRE, ALLÔ ?), un tour du monde et des souvenirs de folie.

30 ans, c'est pas si vieux.

LE BINGO DES TRENTENAIRES

@LATRENTAINETMTC @LE_BABA_AU_RHUM

TU BRUNCHES	TU AS DÉJÀ DIT "LES JEUNES D'AUJOURD'HUI"	TU AS INVESTI DANS UN ANTIRIDES	TU TE LÈVES TÔT POUR "FAIRE DES CHOSES DE TA JOURNÉE"
TU T'ES MIS.E AU YOGA	TU FANTASMES SUR LE DERNIER DYSON™	TU PARLES ACCORDS METS/VIN	TES OREILLERS SONT ACCORDÉS À TES DRAPS
T'AS TON PREMIER CHEVEU BLANC	TU NE SAIS PAS QUI EST WEJDENE	TU ÉCOUTES NOSTALGIE	IL TE FAUT UNE SEMAINE POUR TE REMETTRE D'UNE CUITE
TU AS DES MARIAGES PRÉVUS CET ÉTÉ	TU PARLES NOTAIRE COURTIER OU BÉBÉS EN SOIRÉE	TU AS ACHETÉ UN MATELAS DE QUALITÉ	TU PASSES TES WEEK-ENDS CHEZ CASTORAMA® OU IKEA®

comment ça, ça n'a aucun
rapport avec le sujet ?

Huhu

la vie.

(la catégorie fourre-tout
en somme)

Mes soucis

dans ma tête   en vrai

culpabilité

collab' avec l'incroyable
@petitesquisse

tutoriel

déni

niveau : débutant
temps : 5 min

pour ce DIY, il vous faudra :

1 tapis

1 balai

des problèmes

1. bien repérer où sont situés les problèmes

2. soulever le tapis

3. balayer les problèmes sous le tapis

résultat : plus de problèmes

headspace

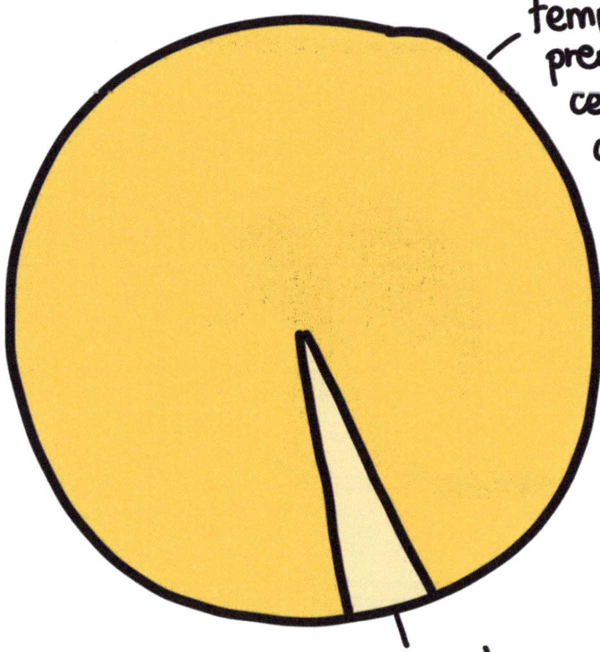
temps passé à se prendre la tête sur ce qui pourrait arriver mais n'arrivera probablement jamais
le reste

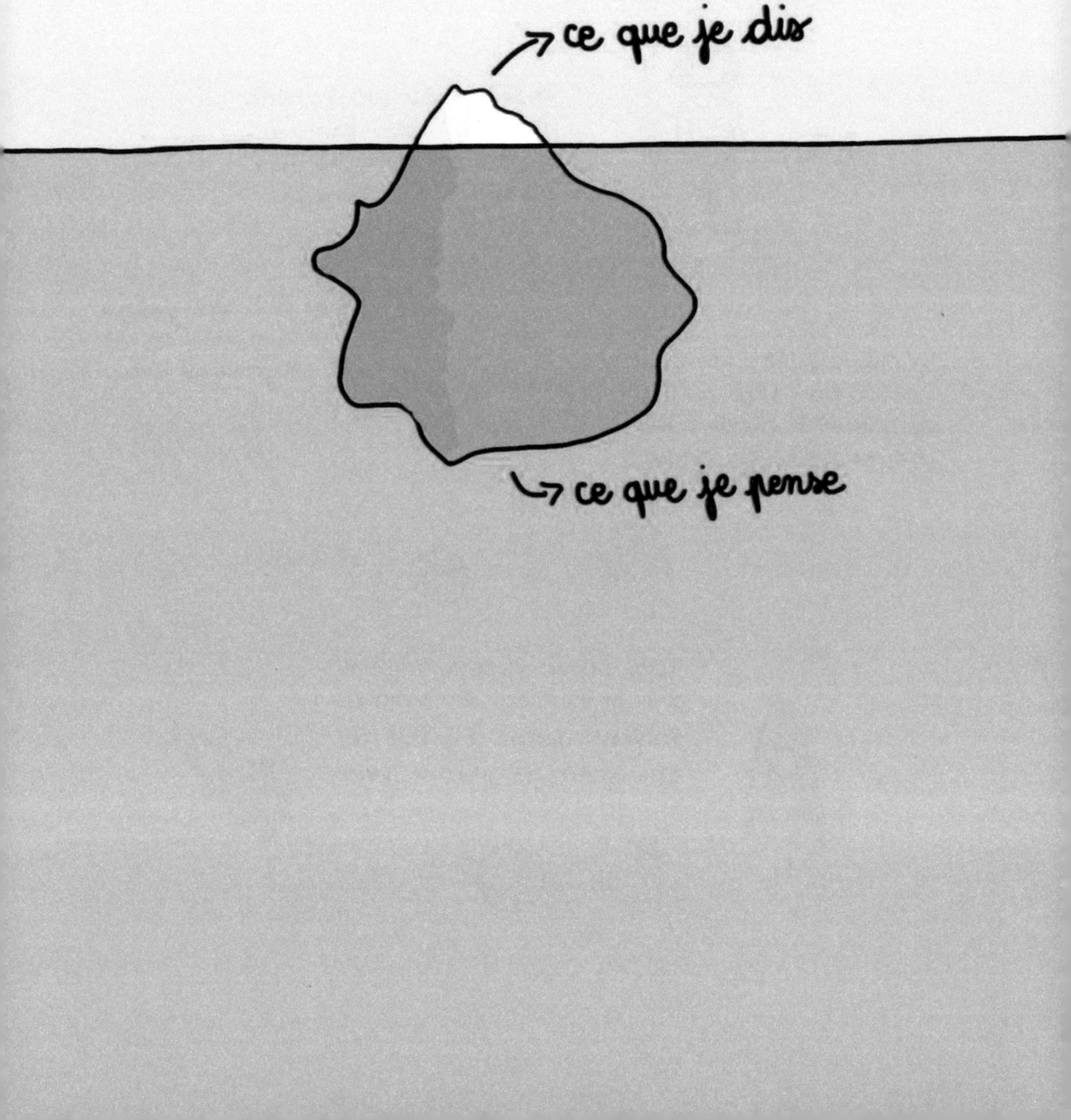
ce que je dis
ce que je pense

honte intersidérale

" je me suis trompée de prénom.
2 fois. Et pas le même..."

ouiiii Romain
euh Quentin
euh Benjamin !

" la serrure des WC du resto qui cède. Face à face avec un mec, au moment où j'enlevais mon tampon "

" j'ai dit que j'étais polygame à la place de polyvalente à mon boss "

"je suis montée dans la voiture d'un inconnu à un stop en le prenant pour celui qui venait me chercher "

" Tout début de ma relation avec mon mec, il m'embrasse les fesses pendant que je me démaquille... et prout de l'espace "

"1er date.
Je fais pipi sous la douche.
Il me rejoint à ce moment-là"

"mon père est apparu à la fenêtre alors que mon mec me faisait un cunni"

"mon navigateur s'est rouvert sur la page d'achat d'un plug anal en réunion en partage d'écran"

"Marrakech, pantalon blanc, turista 💩😰"

"j'ai perdu ma dent de devant (couronne) en pleine levrette"

"quand j'ai fait frout sur frout à la suite en traversant l'open space"

frout : pet de 🐱

"quand j'ai invité 15 personnes à une réunion <u>épilation maillot</u>..."

"j'ai publié mon cul en story au lieu de l'envoyer à mon plan cul"

l'alcool

Absolument aucune logique

lundi
mardi
mercredi
jeudi

vendredi

apéro ?

quand la soirée dérape...

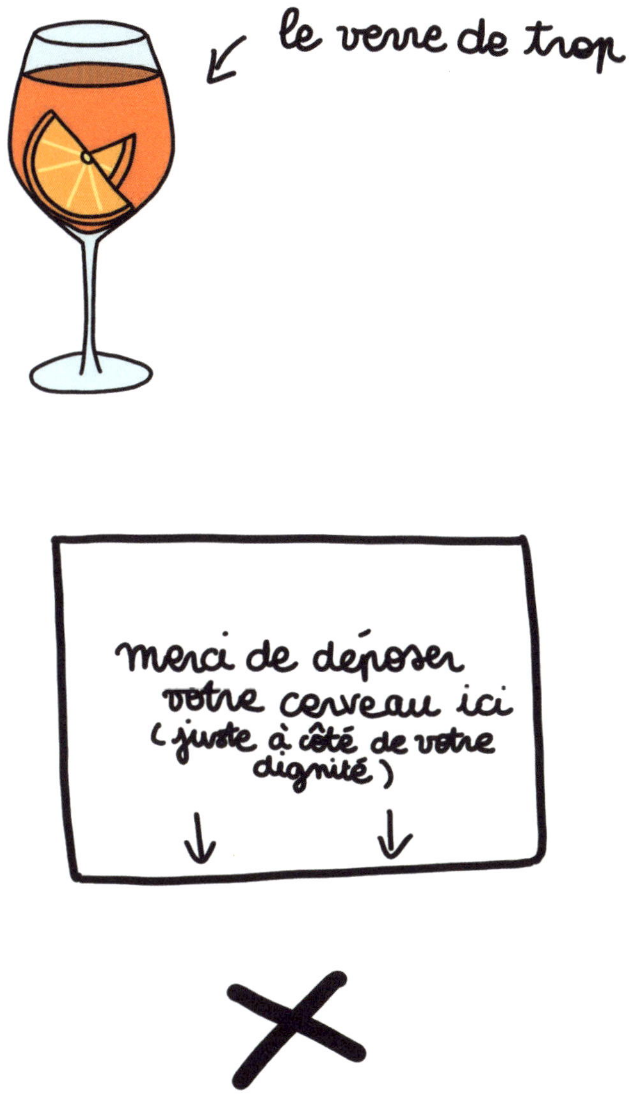
le verre de trop
merci de déposer votre cerveau ici (juste à côté de votre dignité)

les guilty pleasures

les trucs que t'adores faire mais que t'assumes pas.

Les spaghettis au ketchup 🙂

Je fais des mots fléchés aux toilettes comme mon père

Donner à mes copines des conseils sur les mecs que je n'applique pas moi-même 😅

Stalker mon ex sur les réseaux sociaux

Attraper une crotte de nez et l'envoyer d'une pichenette vers l'autre bout de la pièce, discrétos

Regarder la compatibilité amoureuse en fonction des signes astros dès que j'ai un *match*

Lire *Picsou Magazine*

Regarder des tutos *make-up* de 30 minutes alors que je mets à peine du mascara

Jouer à *Questions pour un champion* en ligne

guilty pleasures II
version cracra

(si t'es une âme sensible ou que ta pause déj' approche tourne la page…)

Faire des concours de pets avec moi-même

Vérifier ma production avant de tirer la chasse d'eau 😮

Regarder des vidéos de points noirs/boutons/kystes qui se font éclater (oui oui)…

Manger mes crottes de nez 👃

Péter les boutons de mon mec

Transformer mon nombril en marionnette et lui parler

Péter dans le bain

j'avais prévenu !!!

épilation

moi, avant la soirée

ce soir, je m'épile pas
comme ça, ça dérape pas

moi, à 3 grammes

épilaquoi ?
fuck that shit

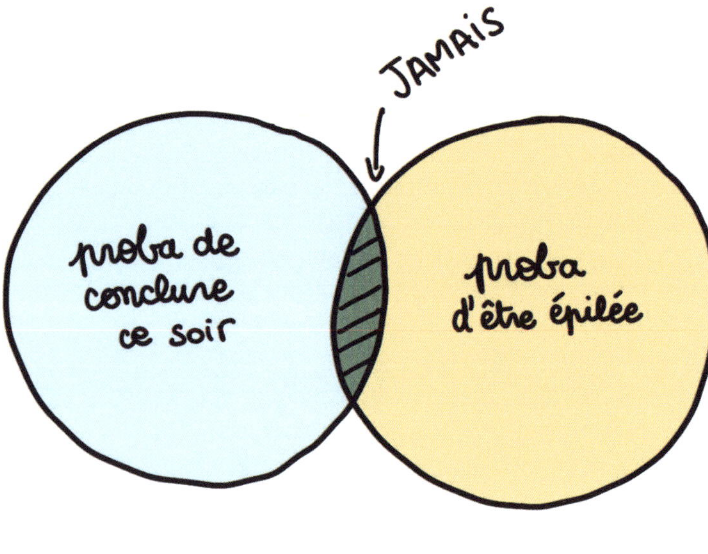

ma fierté

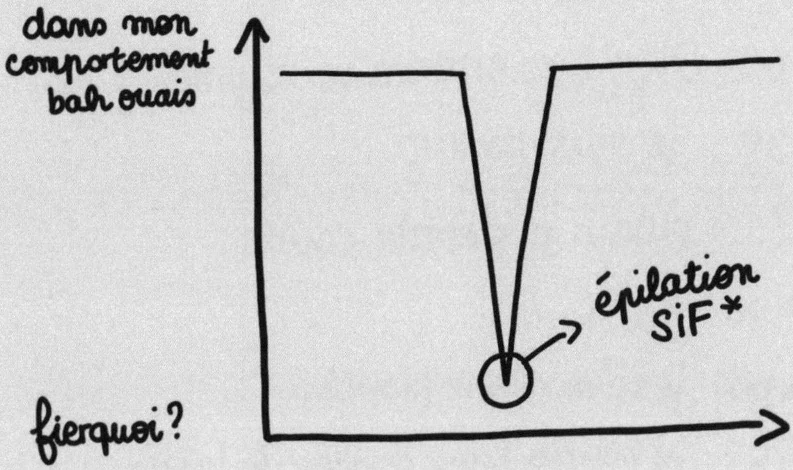

torture mensuelle

* sillon inter-fessier, on adore...

régime

8h00 : OK, je commence un régime

8h30 : je vais courir

8h31 : putain je déteste courir

10h00 : j'ai faim

11h00 : je rêve d'une planche

12h00 : je bouffe trois feuilles de laitue

16h00 : vas-y juste un cookie

18h00 : apéro obviously

20h00 : j'ai couru je peux prendre un burger, non ?

22h00 : gin'to #3

00h00 : bon, tsé quoi ?
fuck les régimes
jsuis bonne comme
ça !

– jeu des 7 familles –

famille "on s'en balek !"

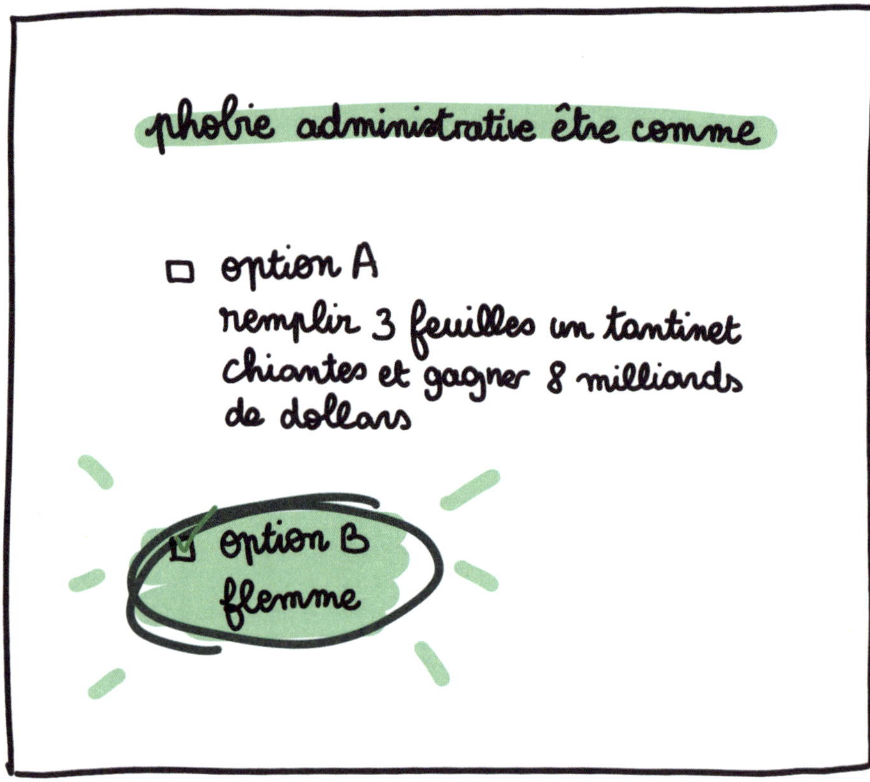
phobie administrative être comme
option A
remplir 3 feuilles un tantinet chiantes et gagner 8 milliards de dollars
option B
flemme

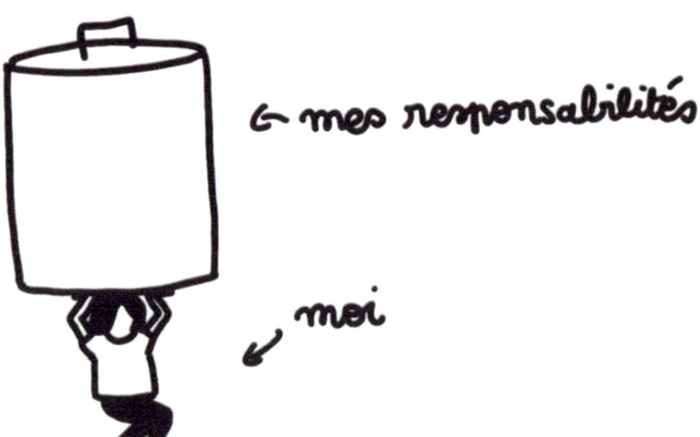
mes responsabilités
moi

~~le taf~~

la crise existentielle

3615 ma vie

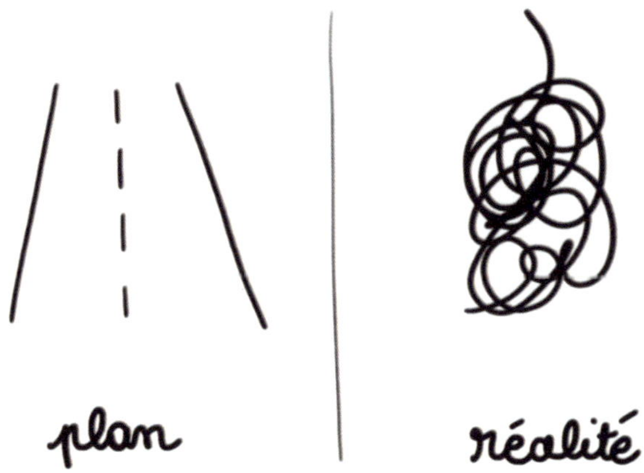

Bon, j'avoue, ça s'est pas exactement passé comme prévu.
Disons qu'il y avait la trentaine telle que je l'imaginais…
Et puis ma trentaine, celle qu'on pourrait comparer à Tchernobyl.

Quand j'y repense, tout a commencé avec un Post-it®...

le Post-it®* du "bonheur"

Social pressure TO DO

- ☐ find big love
- ☐ études stylay
- ☐ acheter un appart'
- ☐ carrière brillante
- ☐ fonder une famille

↙ à cocher pour être heureux askip

* établi par la société et moi-même

ça m'a gavée j'ai gribouillé le mien

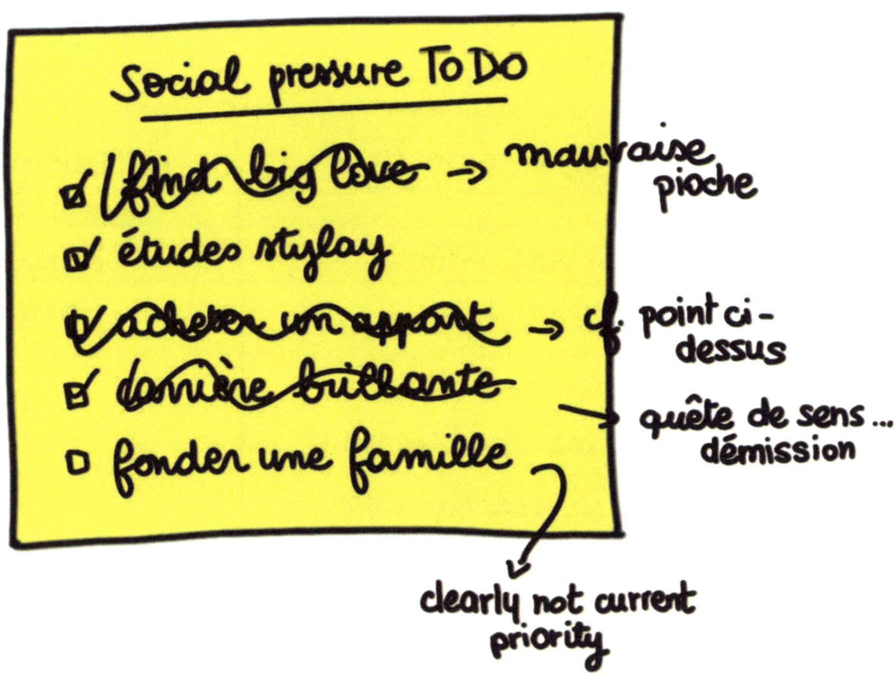

Il va finir à la poubelle
leur Post-it® à la con.

Tout ça pour ça ?

Tu fais des études stylées. Tu chopes LE bête de stage : celui avec le CDI à la clé. T'as LE mec et tu t'achètes un appart. Reste plus que les enfants, la Renault Scenic® et te voilà une personne plus qu'accomplie.

Sauf que, quand t'as coché toutes les cases, la question qui te vient est : « tout ça pour ça ? » suivie de près par : « et maintenant ? ». Et maintenant, on attend ? On se marie ? On fait des gosses ? On tire un trait sur nos rêves de tour du monde parce que tu comprends, « c'est pas top quand même de faire une pause dans ta carrière ». Puis on attend la retraite pour kiffer ? C'est un schéma qui convient à certaines personnes probablement. Mais pas à tout le monde.

Déjà, peut-être que t'as pas envie d'avoir de gosses. Ou pas tout de suite. Peut-être que vu ton modèle familial, le mariage, ça t'angoisse plus que ça ne t'emballe. Peut-être que tu ne vois juste pas l'intérêt de dépenser cinquante mille euros dans une teuf. Peut-être que même si t'es *smart* et que t'as du talent dans ce que tu fais, t'as pas envie de faire carrière.

Parce que « directrice marketing d'une marque de yaourts qui prend Shakira comme égérie », ça te paraissait top à 20 ans. Mais à 30 ans, en vrai, tu n'y vois plus grand intérêt.

Perso, en vrai, maintenant je me dis que je préfère avoir mes week-ends. Partir avec mes potes voir les aurores boréales en Norvège et aller boire des binches après le taf.

En fait, à chaque personne sa To Do.

VOS TO DO ♡

team balek TO DO

* find ourselves
* be ourselves
* fuck qui on veut, si on veut, comme on veut
* lire, sortir, boire, faire du sport (ou pas)
* kiffer ne pas avoir à prendre de baby-sitter pour sortir boire un coup (sorry not sorry)

@r_july4

Social pressure To Do

- find my true self
- études des nouveautés Netflix®
- acheter des légumes (et de la glace)
- Peau brillante
- Appeler ma famille

@eliseg11

Social pressure To Do

- find big love Problème de GPS
- études stylay Feignasse
- acheter un appart SMIC
- carrière brillante LOL
- fonder une famille Mother of 🐰🐰 ça compte ?

@lauramou

define: "la crise de la trentaine"

Ci-dessous, d'autres propositions de métaphores qui font tout aussi bien le taf :

- un Boeing 747® dans ta face
- un tsunami de merde
- tomber sur un cactus when en maillot (been there. done that.)

Crise de la trentaine

les 10 signes qui ne trompent pas !

(le 7e va vous surprendre…)

① Tu te poses des questions existentielles

Un flot de réflexions angoisso-philosophiques te submerge souvent, genre : « Qui suis-je ? Où vais-je ? *To be or not to be ? 2b3 or not 2b3 ?* À quoi sers-je, Serge ? Dans quel verger cours-je ? De quel côté tombent les gens qui écrivent des tartines ? Si l'avocat est un fruit, alors est-ce que le guacamole, c'est de la confiture ? » Bref, tu cherches des réponses aux questions vraiment profondes de la vie.

② Tu deviens émotif

Le regard perdu à travers la vitre embuée du bus, contemplant les gouttes de pluie virevolter en milliers de spermatozoïdes translucides. Véronique Sanson à fond dans les oreilles… Le ballet aquatique des crissements de pneus sur la chaussée t'émeut soudain. Le monde entier n'est plus pour toi que beauté suave et sensuelle façon clip des Boyz II Men.

③ Tu t'engages dans l'humanitaire (ou presque)

La rediffusion de *Sauvez Willy 3* ayant complètement bouleversé ton esprit, tu te réveilles un jour avec l'ambition de sauver le monde. Tu troques tes sapes de La Samaritaine pour un costume de bon Samaritain. Tu deviens addict à la distribution de soupe, LA boisson des trentenaires par excellence. Tu verses chaque mois cinq euros à l'Unicef, te donnant bonne conscience lorsque tu sirotes ton Spritz à 10 balles en terrasse : « Clotilde tu vois, aider c'est la base *srrrrrrrrrrr* *bruit de paille* ! Je me suis découvert une seconde nature *srrrrrrrrrrr*, j'me sens *alive*, j'te jure. » Tu t'achètes un sarouel pour tes maraudes, puis deux, puis trois… Transformant ainsi progressivement ton dressing en vestiaire géant de course en sac… Et relançant, par là même, l'industrie de la confection de sarouels. Philanthrope jusqu'au bout, vous dis-je !

④ Tu "vois quelqu'un"

À 20 ans, « voir quelqu'un », c'était voir un crush. Aujourd'hui, ce « quelqu'un » est ton thérapeute attitré. Tu échanges les meilleures adresses de psy avec tes potes lors des dîners. Leurs cartes de visite sont devenues les cartes Pokémon™ des trentenaires. Tu as évidemment regardé la série *En thérapie*, et tu t'es dit qu'il devait bien s'ennuyer, le tien, avec tes petites histoires. « Et que j'ai encore rêvé de Marc, mon ex. » « Et que cette grosse vache de Stéphanie m'a volé mon doudou en CM2… » Ton psy, c'est ta bouée de secours, celui à qui tu peux tout raconter pour que tes potes ne se rendent pas compte de la vacuité de ton âme. « Si, à 50 ans, on n'a pas une Rolex®, c'est qu'on a raté sa vie. » Si à 30 ans on n'a pas de psy, c'est qu'on ne l'a pas assez ratée !

⑤ Tu veux tout plaquer

Tu ressens le besoin irrépressible d'un changement radical de job. La recherche de profits et les longues heures passées derrière un écran à excel(ler) te semblent tout à coup aussi inutiles qu'un soutif en confinement. Tu clames à tout bout de champ : « J'vais tout quitter pour aller élever des chèvres dans le Larzac ! » Bon, OK, tu n'as aucune idée d'où se situe le Larzac. Mais comme ça rime avec kayak, kazak, et-qué-s'appelerio-Quézac, tu te dis que ça sent bon la forêt. Après une recherche Google d'une minute, tu te diras que « tout compte fait, c'est peut-être pas ton truc, les chèvres ». Puis tu te raisonneras en te disant que ton besoin de contact avec la forêt sera aisément comblé par une gueule de… bois.

⑥ Tu remets en cause ta sexualité

Après avoir passé les 30 dernières années à entrer dans des cases, tu ressens de nouveau le désir de casser les codes, à la manière d'un ou d'une ado rebelle punk-rock fan de Tokio Hotel. Tu sens souffler sur toi un vent de libération sexuelle et amoureuse. Le cœur gros comme un fugu, tu te tâtes à explorer le libertinage, l'échangisme, le polyamour… « Plus on est de fou(f)s, plus on rit ! » comme dirait tata Claude. Et puis quand on aime, on ne compte pas… si ?

⑦…

Eh non, il n'y a pas de septième signe, c'est ce qu'on appelle une technique putaclic dans le milieu. Tu t'es bien fait avoir huhu !

⑧ Tu cherches ton talent caché

Tu te dis que ta misérable existence ne peut se résumer à « ça » et qu'il y a – au fond de toi – un diamant brut qui ne demande qu'à être révélé. Tu te lances frénétiquement dans la fabrication de cuillères en bois, la composition de bouquets en origami, la création de savons na-tu-rels et autres DIY. Tes amis applaudissent tes peintures sur céramique dignes d'une petite section de maternelle en t'encourageant avec des « nan, mais chadoooooôre c'est ultra régressif ». Tu te mets au violoncelle parce que ça fait classe en société… Et aussi parce qu'il n'y a aucune chance qu'on te demande « un p'tit morceau » en pleine soirée (car oui… qui a un violoncelle dans son salon, sérieux ?). Tu leur chanteras plutôt à la place ta compo avec ta voix de testicule pincé en t'imaginant déjà briller sur les scènes du monde entier. Tu te vois en haut de l'affiche, mais l'affiche, c'est juste toi qui te la tapes.

⑨ Tu t'interroges sur ta descendance

Tu t'interroges sur ton désir d'enfant et ta capacité à être un adulte responsable. Ta relation la plus longue avec une plante verte a duré trois semaines. Tu te trémousses encore sur « Prince Aliiiii oui c'est bien luiiii » en sortant de la douche. Tu te revois noyer tes Sims en les mettant dans une piscine sans échelle, ou encore laisser mourir ton Tamagotchi® dans ses excréments (« tiens d'ailleurs, où est-ce que je l'ai rangé, il marche peut-être encore… »). Quand on te demande « tu veux combien d'enfants ? » tu penses en secret « mais, je SUIS un enfant ».

⑩ Tu pars en quête de toi-même

Pour te reconnecter à ton « moi intérieur », tu décides de partir en road-trip-sac-à-dos pour arpenter les étendues du globe avec un look de tortue Quechua®. La poussière collée au visage, tu t'émerveilles de la découverte de toilettes sèches chez l'habitant et de l'absence de toute eau potable pour les cinq jours à venir. Les plus déterminés partiront en retraite Vipassana pour se déconnecter du monde… Et relater ensuite leurs exploits sur Instagram®. « Vivre l'instant présent, c'est bien… Mais l'offrir comme présent sur les réseaux, c'est encore mieux ! »

texte écrit par la formidable @_unchanted

ça rentre pas
(titre)

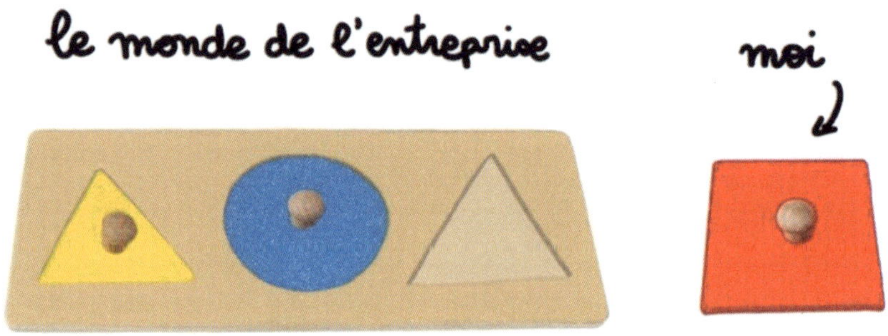

caropoubs Il faut bien poncer fort les côtés du carré ! #astuce

4min Répondre

vos déclinaisons

Avoir un job, un mari et des enfants à 30 ans

moi

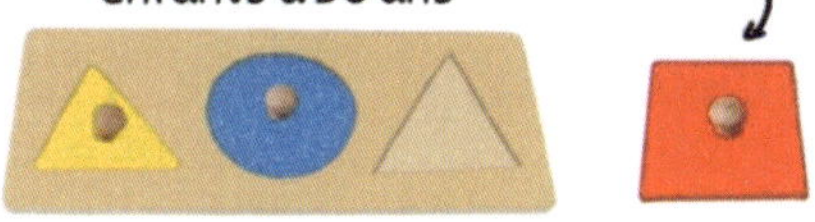

les repas de famille

moi

les relations de couple

moi

2 triangles et un rond

Un carré

ma carrière

" Tiens, et si je plaquais tout pour devenir prof de plongée au Costa Rica ? "

être "aligné(e)"

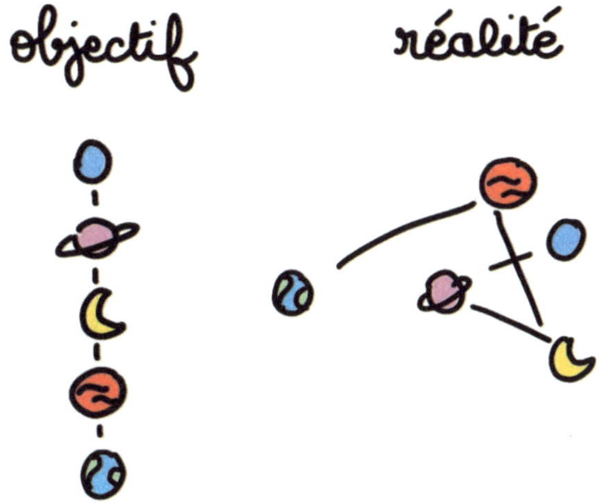

OK, là je crois qu'il est temps de filer sa dém'...

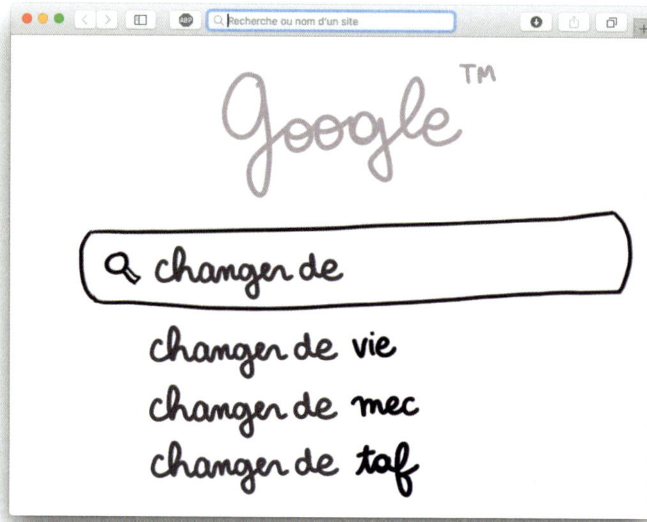

Bon, bah du coup, j'ai fait table rase. *Reset*. On annule tout et on recommence. Plus de mec, plus de CDI, plus d'appart.
Je suis partie solo avec mon *backpack* faire un tour de l'Amérique du Sud : de la Patagonie aux Galapagos, en passant par le carnaval de Rio de Janeiro, le Machu Picchu, la jungle amazonienne et la Colombie. FO-LIE.

Puis je suis devenue illustratrice et j'ai écrit un bouquin. *Easy.*

Nan, je déconne. J'en ai chié. Je me suis posé un milliard de questions existentielles. J'ai hésité à faire de la poterie, devenir prof de yoga, coach de vie, institutrice, guide touristique, décoratrice d'intérieur, monter ma boîte (oui, non, mais OK, de quoi ?), ouvrir un café concept avec un bar de fleurs séchées, une fromagerie, travailler dans l'associatif, pour le *Guide du routard*… J'ai contacté mille personnes *random* sur LinkedIn pour leur poser des questions sur leur taf, fait des tableaux Excel de « pour » et de « contre » pour chaque possibilité et environ autant de crises de panique.

Je suis même partie au Costa Rica pour devenir prof de plongée. Quatre mois à bosser sur un bateau avec comme collègues requins, baleines et raies mantas. Magique… en tant que touriste.
Parce qu'être prof de plongée, ça veut aussi dire être payé 600 dolls par mois pour bosser 6 jours sur 7 et 9 heures par jour, à faire un taf super physique, genre soulever des bouteilles de 2 x 9 kg alors que j'ai 30 ans et mal au dos, ouaich ! Puis faut gérer les adooorables clients ricains…

Et tu vois, en parallèle de tout ce chaos, histoire de rire un peu de cette crise existentielle…
J'ai créé un compte Instagram® où dessiner.
Drôle la vie, hein ?

roue de la reconversion

faites tourner la roue pour découvrir ce qui vous attend aujourd'hui !

(OK, j'avoue, j'ai aussi les mains moites et le coeur qui bat trop vite quand les avions décollent. ÇA VA)

pression sociale
une autre svp.

jugements sur mes choix de vie
mes parents
la société

Ceci est un problème
moi.

OK, la déviation, elle peut être carrément chaotique parfois... mais ~~putain~~ punaise* quel kif !

* mon éditrice m'a dit de rester polie héhé

le célibat.

célibat

C'est marrant, quand t'es célib', on te donne souvent l'impression d'être dans la salle d'attente de la vraie vie...

comme si t'avais besoin de rencontrer une autre personne pour être complète.

alors t'as le droit à tout un florilège de remarques adorables*

* de ta mère, ta soeur, ton voisin, ton boulanger, ta BFF, ton gynéco...

les pépites du

CÉLIBAT

collab' avec @reponse.a.tout

"Tu es trop"

« Trop intelligente. Trop indépendante.
Trop caractérielle. Trop impressionnante.
Trop sûre de toi. Trop féministe.
Trop, quoi. »

**Et puis ça leur fait peur, ouin ! ouin !
Sois un peu moins, stp.**

les chats

« Fais gaffe : adopter un chat, c'est le début de la fin. »
« Si tu continues, tu vas finir seule avec 15 chats. »

**Aaaaaah ! Les chats.
Le mythe de la vieille aux chats. Alors on aura peut-être 15 chats, mais on aura aussi 15 crushs.
Avec des roulements pour changer la litière.**

le chantage affectif

« Avant de rejoindre papi au ciel, j'aimerais bien rencontrer ton amoureux. »
« Je pense que je peux tirer un trait sur les petits-enfants… merci de penser à moi. »

**Que ce soit clair : ça, c'est NON. Interdit.
Ta vie, ton corps, ton choix. Non négociable.**

l'horloge biologique

« Tic-tac ! Tic-tac ! »
« Va falloir t'activer, l'horloge tourne… »
« Les femmes, c'est comme les yaourts : ça a une date de péremption. »
« Joyeux 30 ans ! T'as pensé à congeler tes ovocytes ? »

Des enfants… Peut-être qu'on n'en veut pas tout de suite, pas avec n'importe qui ou pas du tout ? *Spoiler alert* : ça nous regarde !

À quoi il servirait ?

« C'est normal que tu n'attires pas les hommes… ils sentent que tu n'as pas besoin d'eux. »
« Le mieux, c'est que tu cherches un mec riche, au moins il aura le sentiment de t'apporter quelque chose. »

C'est vrai, le pauvre mec… Il va pas se sentir utile.

Tu sais même ouvrir tes pots de confiture toute seule… mais où va-t-on ? (Astuce du jour : il suffit d'un couteau plat et le tour est joué !)

Force-toi un peu aussi…

« Il te plaît pas ? Mais ça va venir. »
« Mets-y un peu du tien, il peut pas te plaire sur tous les points, faut faire des compromis. »
« Quoi ? Tu le trouves pas *cute* ? Ça vaaaaaa ! »
« Fais un effort. Tu apprendras peut-être à l'aimer. »

Bah oui ! Et puis quand je vais au resto, je prends systématiquement le plat que j'aime pas.

Je me dis que je vais finir par m'habituer au goût. Miam.

les doutes sur ton orientation sexuelle

« Encore célibataire… t'aimes pas les hommes ou quoi ? »
« T'es pas lesbienne ? Ou lesbienne refoulée ? T'es sûre ? »
« Tu peux nous le dire, hein ! Ça nous dérangera pas. »
« T'es pas asexuelle sinon ? »

Mettons les choses au clair tout de suite :
ÇA N'A AUCUN RAPPORT !

Et si on pouvait éviter de parler de ma sexualité à tous les dîners de famille, ça serait chouette !

les vacances

« Tu es célib', donc tu vas laisser ta chambre aux couples et prendre le Clic-Clac. »

Quand vous partez en congé, emmenez toujours une personne célibataire.

C'est pratique.
Vous pouvez la ranger dans un coin du salon, sur un matelas gonflable, dans le grenier, dans le lit superposé avec les enfants, dans le garage avec les bonnes odeurs de litière. Tout en lui faisant payer la même part que tout le monde.

Pratique et économique.
C'est une demi-personne de toute façon.

Sois moins exigeante !

« Faudrait peut-être revoir tes critères à la baisse... »
« Tu peux pas tout avoir non plus, à ton âge, sérieux. »
« Tu vises peut-être au-dessus de ta catégorie, non ? »
« Et puis si tu n'avais pas quitté ton ex, tu serais pas seule. »

Non mais vous avez raison, grosse braderie sur mes critères ! Allez -70 %, liquidation, tout doit disparaître !

De toute façon, comme le dit le dicton : « mieux vaut être mal accompagnée que seule ». Ah non ? C'est pas ça, le dicton ? Oopsie, je confonds toujours les mots.

les bons conseils

« Faut pas chercher, ça va venir tout seul.
Tu cherches quand même, j'espère ?
Ça va pas tomber du ciel...
Et puis, tu sais, c'est quand tu t'y attends le moins que ça arrive. Tu cherches pas bien, c'est pour ça...
Mais inscris-toi sur Tinder® aussi. Et tu devrais sortir plus. T'as pensé à t'inscrire à une activité ?
Mais arrête de courir à droite à gauche, il faut se poser à un moment. Écoute nos conseils un peu ! »

Faudrait peut-être que vous vous mettiez d'accord les gars, on dirait un débat pour les présidentielles là.

T'as pas un problème ?

« Pourtant t'es jolie et pas trop bête, qu'est-ce qui cloche ? T'as deux jambes, deux bras et une tête... je comprends pas ? »
« Tu es belle, drôle et intelligente, comment ça se fait que tu sois encore seule ? C'est pas normal à ce stade. »
« T'as pensé à aller voir un psy pour t'aider ? Tu dois avoir un problème... »

Wow. Le vrai problème que j'ai, c'est tes remarques désobligeantes. À part ça, tout va bien, merci.

la suite logique

Quand t'es petit, on t'apprend qu'il y a une forme de "suite logique" socialement validée :

la fameuse suite	avec à chaque étape son lot de questions insupp'...
célibat	T'as rencontré quelqu'un ? Faut se dépêcher, hein.
↓	
en couple	Quand est-ce que vous emménagez ?
↓	
emménagement	Et le mariage c'est soon ?
↓	
mariage	Quand est-ce que vous lancez les bébés ?
↓	
bébé	Comment ça, un seul bébé ? Vous allez pas en faire un enfant unique ?
↓	
bébé n°2	Oh vous ferez bien un petit 3e ?
↓	
bébé n°3	Ah oui ! Là ça suffit ! Vous voulez les allocs ou quoi ?!

sinon, on pourrait pas avoir d'autres suites ?

célib' → bébé

célib' → en couple → emménagement → célib'

célib' → couple → bébé → mariage

célib' → en couple → ne veulent PAS d'enfants

célib' et bien dans ses baskets !

et on se foutrait pas un peu la paix ?

être célibataire,* c'est chouette 

Déjà parce que tu peux faire
l'étoile de mer dans ton lit.
Que t'évites les vacances avec
la belle-famille.
Et puis que tu peux draguer
le maître-nageur OKLM.

C'est stylay d'être célib'
Pas besoin de faire un référendum de 2 heures pour choisir le film Netflix® du soir

C'est stylay d'être célib'
Pas besoin de ruser pour aller faire popo

C'est stylay d'être célib'
0 tracas 0 blabla

C'est stylay d'être célib'
Si tu tombes sur un mauvais coup, tu peux en choisir un autre

Top 1 incontesté

C'est stylay d'être célib'
Je peux péter quand je veux où je veux

* pour les puristes : oui, c'est un hibou.
Y a pas d'émoji chouette et je mets encore l'émoji QUE JE VEUX.

dating life.

BAC+4 en app' de rencontres
pour vous servir !

CONSEIL N°1

LES APPLIS DE RENCONTRE, C'EST UN PEU COMME UNE FRIPERIE

Y a de jolies trouvailles. Mais faut bien, bien, bien chercher.
(La métaphore de l'aiguille dans une botte de foin marche aussi.)

CONSEIL N°2

TINDER A TUER LA POLITESSE

Dire « bonjour », « merci », « au revoir », c'est un peu comme les antibiotiques : visiblement, c'est plus automatique.
Certaines personnes ont également un art de la transition bien à elles. « Salut, tu baises ? » un dimanche à 11 heures du mat', c'est pas *uncommon*.

CONSEIL N°3

LE *GHOSTING*

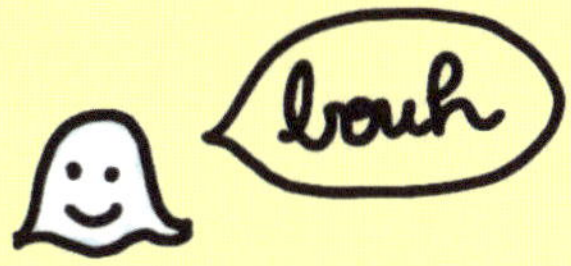

Même si ça se passe bien, même si la soirée était magique, même si ça fait six mois que la personne te chine, qu'elle te plaisait pas de ouf, mais que t'as fini par accepter un verre… On n'est jamais à l'abri d'un *ghosting*.
Le concept : la personne disparaît de la surface de la Terre.
Sans mot dire.
Mais, en général, elle continue à regarder tes stories OKLM.

CONSEIL N°4

NO RELATIONSHIPS

OK, alors si quelqu'un te dit ne pas vouloir de *relationship*…
Tu vas trouver ça fou, mais souvent ça veut dire… ne pas vouloir de *relationship*.
T'as beau être extraordinaire (j'en doute pas) et « oui, mais y a un truc spécial entre nous, je le sens, je le sais »…
La personne en face de toi ne veut pas de *relationship*, point.
Je sais, c'est abrupt, mais je te fais gagner du temps.

CONSEIL N°5

OMISSIONS

Il se peut que ladite personne oublie de te préciser qu'elle est en couple, et ce, après quatre mois de chine OKLM.
La pauvre, vraiment, ça lui était sorti de l'esprit.
En même temps, c'est de ta faute, tu as dû manquer de précision dans tes questions. Quelle gourde.

CONSEIL N°6

TINDER SURPRISE

Les photos des applis, elles ne sont pas forcément fiables à 100 %.
Parfois, on a de bonnes surprises, parfois pas.

define "Tinder® Surprise"

sa photo Tinder®

VS

quand il arrive au rdv

Légalement, ce serait bien que Tinder® précise "photos non contractuelles"!

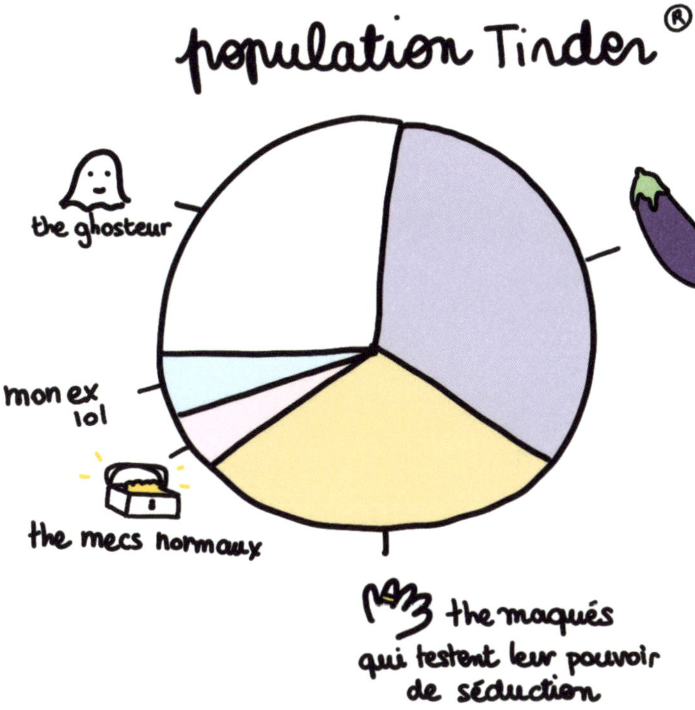

et bon chance !

la Bible des NO GO TINDER®*

co-écrit avec l'incroyable @tinderetsespepites

• les fot d'ortograff

On parle de 15 mots max, frère.

• les listes

Ceux qui se croient au marché avec une liste longue comme le bras.

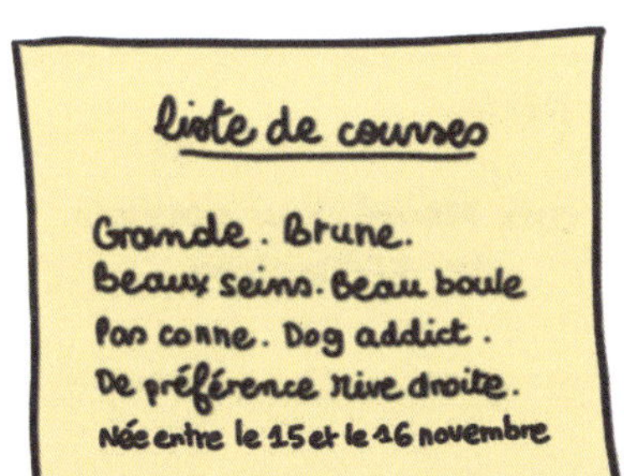

• les émojis

À utiliser avec modération. Au bout de 10 ça brûle la rétine.
Et puis, on n'a franchement pas besoin de connaître tous les pays que t'as visités.

* ou "liste des choses qui vont réduire tes chances de pécho à néant"

- **les fausses critiques**

"Incroyable !" — Télérama

"Best hug giver" — Sa Maman

☆☆☆☆☆

"4,7/5" — Uber®

Vu. Revu. Suffit. Merci. Cdt.

- **les évidences**

« J'aime voyager, boire des verres avec mes amis et rigoler. »
C'est dingue, tout pareil. Et j'aime respirer aussi. Et ouvrir mes yeux le matin. Serait-on faits l'un pour l'autre ?

- **last chance**

« C'est ta dernière chance de *matcher* avec moi. Ensuite, je quitte cette appli à tout jamais. *Matche* maintenant ou regrette-le toute ta vie. »

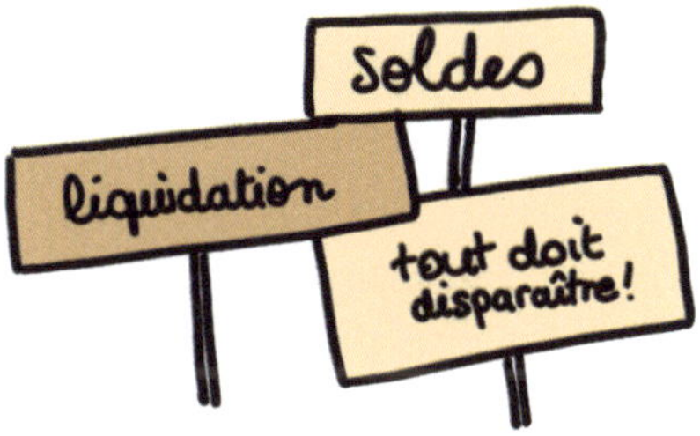

- **ma vie, c'est les voyaaaaages**

Originalité 1/10

last conseil : mieux vaut ne rien écrire et rester mystérieux que d'écrire de la daube

les ~~10~~ 9 commandements

pour des photos Tinder® stylées

avec @tinderetsespepites

CONSEIL N°1

LE CONTEXTE, TU SOIGNERAS

👙 Toutes les photos à la piscine, c'est non. L'été est fini. On remballe.
👜 QUE des photos de voyage. Ça risque d'être décevant si on se *date* en novembre et que t'es plus en short et tongs.
🧹 Une pièce où le ménage n'a pas été fait depuis Chirac.

CONSEIL N°2

BIEN ENTOURÉ(E), TU SERAS

N'abuse pas des photos de groupe. On n'a pas envie de jouer à « Où est Charlie ».
(Et puis, souvent, Charlie c'est pas le plus *cute* de la brochette…)
On ne veut pas voir ton ex. Rogne au moins correctement la photo, on voit encore son bras.
Les photos avec maman ou mamie, c'est *too soon.*

CONSEIL N°3

AUX ANIMAUX, LA PAIX, TU FOUTRAS

Que ce soit les animaux sauvages plus du tout sauvages, les chatons trop mignons ou les photos dignes du magazine *Chasse & Pêche*. *No go.*

CONSEIL N°4

LES NOUVELLES TECHNOS, TU FUIRAS

🐱 Les filtres Snapchat® oreilles de chat ou chien trop mimi : NON.
🎥 Les boomerangs bisou ou clin d'œil : NON PLUS.

CONSEIL N°5

LES BASES, TU RÉVISERAS

Une seule photo, c'est louche. Soit t'es moche, soit t'es flemmard.
Dans les deux cas, c'est pas bon signe.
Les photos pixélisées, on évite, on n'est pas sur Canal+®.
Même chose pour les photos dans le noir, de dos, à 50 mètres. *aka* l'homme invisible.

CONSEIL N°6

LES SELFIES, TU OUBLIERAS

Selfies miroir, peignoir (bonus avec les taches de dentifrice), selfie voiture, salle de muscu, cul-de-poule… Globalement, on s'abstient.

CONSEIL N°7

LES ACCESSOIRES, TU MAÎTRISERAS

😎 Les lunettes de soleil sur toutes les photos, c'est louche.
😷 Bas les masques : on veut voir tes chicots !
👕 Les marcels. Juste non. Mais pas que sur Tinder®.
🧢 Les casquettes et bonnets sur toutes les photos, *aka* « j'assume pas ma perte de cheveux ».

CONSEIL N°8

UN MINIMUM DE PUDEUR, TU GARDERAS

Oui oui, t'as de beaux abdos, un beau cul, toussa toussa. On sait. Mais garde du suspens pour plus tard stp !

CONSEIL N°9

LES PHOTOS SANS RAPPORT, TU SUPPRIMERAS

🚙 La photo de ta caisse (voire de la bagnole de loc').
🌴 Les photos d'un paysage, sans toi (?!)
🌟 Les photos de célébrités ou images Google®.

last conseil : on n'est jamais très objectif sur ses propres photos, profite d'une soirée potes pour choisir tes photos par référendum. Et donne ton avis sur leur profil héhé

allez GO swiper comme jaja !

j'ai été légèrement déconcerté(e) quand...

J'ai aussi un homme qui m'a proposé une version fétichiste assez surprenante en me demandant si j'étais d'accord pour qu'il devienne ma table basse

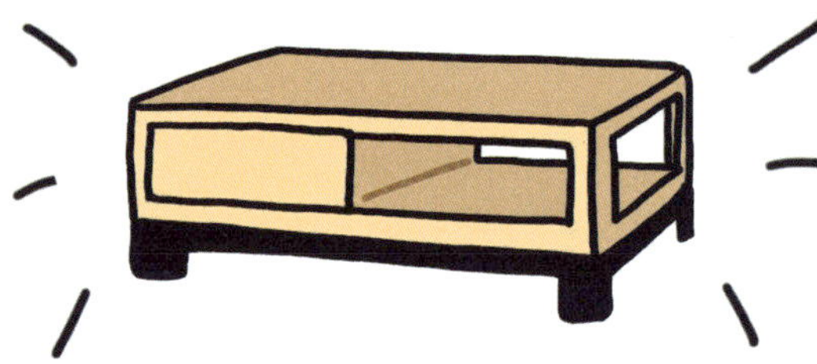

... quand il m'a demandé de montrer sa dickpic à mes collègues

... quand un homme m'a arrêtée dans la rue pour me demander de lui vendre mes chaussettes

... quand il m'a affirmé qu'il remuait sa queue aussi vite que celle de mon chien

... quand il m'a demandé de lui faire une pipe pendant qu'il jouait de la flûte de Pan

... quand au 1er date il m'a demandé s'il pouvait faire une machine chez moi

... quand à 22 heures il m'a demandé de venir boire une tisane chez lui et qu'on a vraiment bu une tisane

… quand la nuit
je suis sortie des WC
nue chez mon date
et que je suis tombée
sur sa mère

… au second date il a
insisté pour me montrer
qu'il pouvait parler
en rotant

… quand il m'a dit
qu'il rentrerait vite
chez lui car quand il pète
il marche plus vite

… quand il m'a
demandé d'être mon
paillasson et que je
m'essuie les pieds sur lui

… quand il a bu la
fin de mon verre avant
de quitter le bar
#zérogâchis

… quand il est parti
de chez moi alors que
j'étais aux toilettes (Grande Classe)

"Qui va à la chasse
perd sa place"

amis de la poésie, BONJOUR

YOU MATCHED WITH ON 26/06/2020

Tu fais au moins du C jespere

Mec recherche l'amour avec un grand C. Ou D. Ou E.
Enfin si y a pas d'amour ça marche aussi tant qu'il y a le C

le timide

YOU MATCHED WITH

bonsoirrrr

Today 10:18

Saluuut

Today 13:02

Enfaite, je suis un mec un peu timide et je n'ai pas l'habitude de dire à quelqu'un que j'ai eu le begun donc est ce que ça te dérange si on va boire un verre et je te casse le cul ?

Aujourd'hui 12:29

C'est marrant qu'on est match, d'habitude je like que dès petites cochonne

3 lignes, tout autant de fautes.
Pas de doute, il a été déconcerté

reine des neiges

Comment ça va [redacted] ?

Aujourd'hui 22:52

Jai froid au doigts

Tellement tes fraiches

droit au but

VOUS AVEZ EU UN MATCH AVEC LE 16/06/2020

Ce paysage sur ta 1ère photo 😄😍 c'est où ?

vendredi 15:31

Coucou

C'est en équateur

Ça donne tellement envie 😄

Pas autant que toi 😋

Hhaha 🙈

Tu aimes les cunnis ?

il aurait pu commencer par
"tu aimes les voyages ?
les paysages ? les pâtes au pesto ?"

Quid de rajouter directement
un macaron dans sa bio ?

réchauffement climatique

Ton père il produirait pas 2,6 g de CO^2 par jour en ne respectant de ce fait pas du tout l'accord de Paris sur le climat ?
Parce que tu me fais fondre

~~lapsus~~ SUCE

I'm not cooking, but if want my cock class, I'm here

Cooking class* 😱😂😂

Hahahahahahahhaha

version cheesy

YOU MATCHED WITH ON 10/12/2019.

Is your name google? Because your everything I've been searching for

5 fromages direct

idée lecture

Il/elle vous plaît et vous en perdez votre latin ?

Grâce au Bescherelle®, distinguez enfin -é et -er, et augmentez vos probabilités de choper/chopé (?).

À consommer sans modération

Seulement 27 €
chez votre libraire

3 mois VS 3 ans sur Tinder®

collab @lauramou_

+ 3 mois	+ 3 ans
tu découvres avec plaisir tous les célibataires de ta région	C'est toujours les mêmes personnes
tu swippes pendant des heures	tu swippes aux toilettes
tu matches et discutes pendant des heures	tu matches et ça te saoule de discuter
t'es gêné(e) quand tu croises une connaissance	ah tiens ! Il est célib Jean-Michel Vas-y matchons !
t'es surpris(e) quand il te ghoste "Qu'ai-je dit ? Qu'ai-je fait ? Qui suis-je ? Où vais-je ?"	t'es surpris(e) qu'il t'ait pas ghosté(e) avant
tu te projettes avec chacun de tes matchs "maybe c'est THE ONE"	tu te questionnes : "qui vais-je ken cet été ?"

le gentil fantôme qui répond pas aux SMS…

…mais mate tes stories Instagram®

Vue par 217 personnes

love game

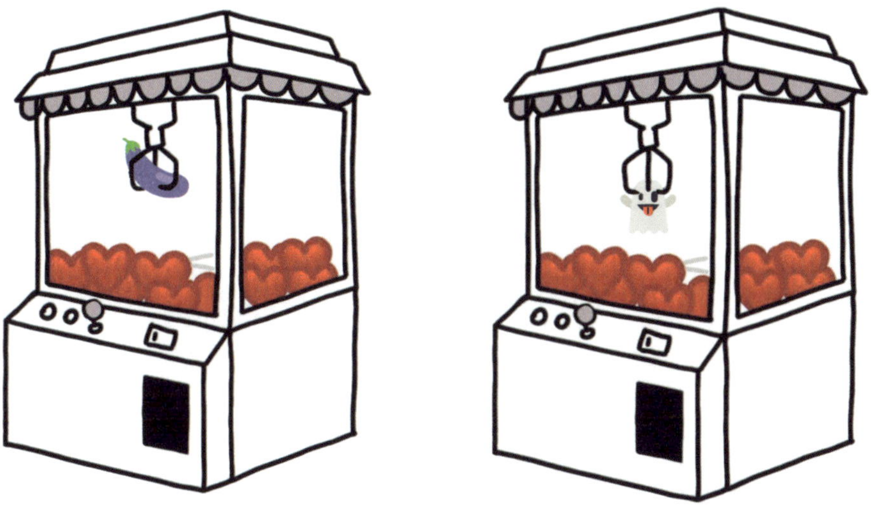

J'exige un remboursement svp.

J'hésite encore pour le responsable...

- cette catin de Cendrillon
- les comédies romantiques
- les pubs Tinder®

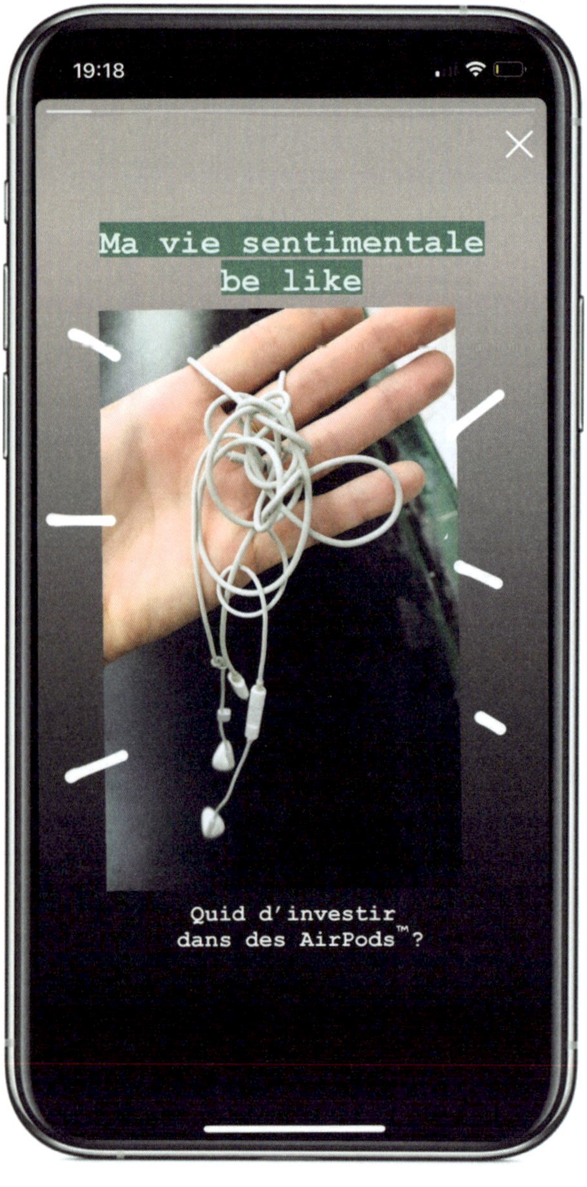

A répondu à votre story

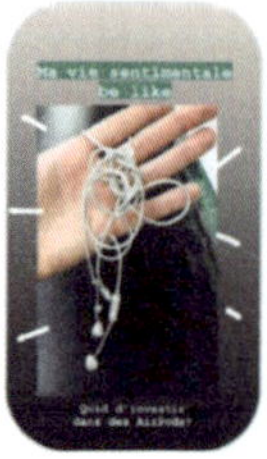

Ma vie sentimentale be like, acte 2 : quand tu as perdu le boîtier de tes AirPods™

a priori, ça ne résout pas le problème.

amour, gloire & beauté

saison 30, épisode 6

* l'ex, retour dans tes SMS n° 3947

Automémo : ne pas répondre. Ne pas répondre. Ne pas répondre.

* le fuckboy

Ah ? Comment ça, elle est passée à autre chose ?
Je vais lui renvoyer des messages et semer des petites miettes d'affection.
Juste assez pour qu'elle soit à nouveau fan, puis j'aurai satisfaction
et je redisparaîtrai. Hihi.

* la kryptonite

Le *crush* face à qui toute volonté fond comme neige au soleil.
Tu sais qu'il ne faut pas y aller. Mais ton cerveau s'est mis en veille
à l'apparition de son prénom.

* le mec bourré

Quand il t'écrit, il a systématiquement 4 grammes d'alcool dans le sang.
2 heures du mat', c'est l'heure moyenne à laquelle il oublie qu'il est
en couple et se souvient de ton numéro.
Charmant.

* le persistant

T'as pas répondu à ses messages depuis 2018.
Parce que t'as beau lui expliquer que ça ne t'intéresse pas, il insiste.
Résultat, il monologue régulièrement dans ton téléphone.

* le ghosteur amateur

Facile à reconnaître : il ne répond pas à tes SMS, mais il mate tes *stories*.
ON TE VOIT.

bingo

" ma vie cette comédie romantique "

l'ex, comeback n° 3492	le fuckboy
la kryptonite	le mec bourré
le persistant	le ghosteur amateur

si tu as toute la collection de Pokémon™, BINGO

ceci est une chatte
bon, j'ai recraqué hier soir...
Oh non ! Pas encore, bordel !
et merde
haha on se revoit le week-end pro les gars ?
tequila

tutoriel

red flags

niveau : intermédiaire
temps : 1h

pour ce DIY, il te faudra :

(Tout ceci est facilement trouvable chez votre fuckboy ou chez vous)

1 bien rassembler tous les red flags qu'il t'a envoyés

2 séparer bâtons & tissus

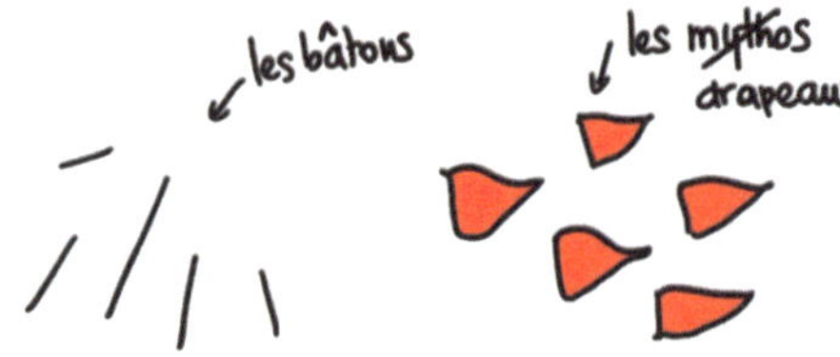

3 coudre les drapeaux ensemble

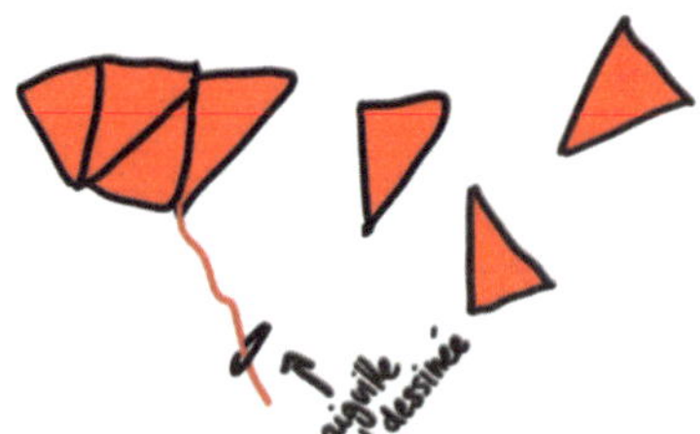

résultat : plus de red flags

T'as du matériel pour te tricoter une robe toi aussi

Le costume

Trois pièces

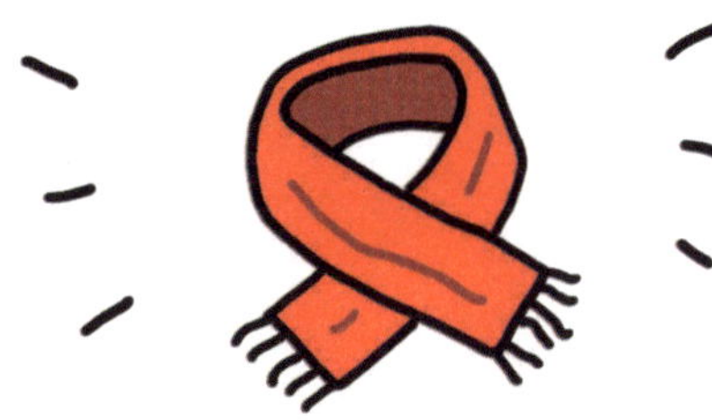

Bonne nouvelle : on sera bien couvertes cet hiver !
Question : est-ce que Mélenchon a aussi enchaîné les plans foireux ?

Ici c'est bon, on peut se baigner, le drapeau est vert.

Ah parfait.
Je mets de la 50 et j'arrive.

Selon le fameux dicton :
"A Joshy a day keeps the doctor away ♡"

12:53

Rechercher

30 janvier 2021 à 12:52

Welcome in the Friendzone !

7 indices que tu as atterri dans la *friendzone* de ton *crush*, celle des « potes intouchables quoi qu'il ».

1. Il ou elle cale régulièrement le mot « ami(e) » dans votre conversation. Exemples : « t'es vraiment un(e) ami(e) en or », « c'est normal, c'est ce qu'on fait quand on est ami(e)s », etc.
2. Il ou elle s'arrangera toujours pour que vous ne soyez pas qu'à deux : « Ça te dit de dîner ? Cool ! J'ai proposé à Jean-Michel, aussi. »
3. Il ou elle te parle de ses *dates* Tinder®, en détail.
4. Il ou elle t'interroge sur les tiens, en détail.
5. Il ou elle réagit à tes *stories* : « Mignonne, ta copine ! Canon, ton pote ! »
6. Il ou elle a très envie de connaître tes potes, d'ailleurs, et te somme de les inviter à toutes les soirées.
7. Tu as vraiment besoin d'un septième indice à ce stade ?

À ce stade, ce n'est plus la *friendzone*, c'est un·e cousin·e ton *crush* 🤣

cimer Albert !

C'est une bonne situation ça, sexfriends ?

« Vous savez, moi, je ne crois pas qu'il y ait de bonne ou de mauvaise situation. Moi, si je devais résumer ma vie aujourd'hui avec vous, je dirais que c'est d'abord des rencontres. Des gens qui m'ont tendu la bite, peut-être à un moment où je ne pouvais pas, où j'étais seule chez moi.
Et c'est assez curieux de se dire que les hasards, les rencontres forgent une baise… Parce que quand on a le goût de la chose, quand on a le goût de la chose bien faite, le beau geste, parfois on ne trouve pas l'interlocuteur en face je dirais, le miroir qui vous aide à avancer. Alors ça n'est pas mon cas, comme je disais là, puisque moi au contraire, j'ai pu : et je dis merci à la bite, je lui dis merci, je chante la bite, je danse la bite… je ne suis qu'amour !
Et finalement, quand beaucoup de gens aujourd'hui me disent « mais comment fais-tu pour avoir cette sensualité ? », eh bien je leur réponds très simplement, je leur dis que c'est ce goût de bite, ce goût donc, qui m'a poussée aujourd'hui à entreprendre une construction mécanique, mais demain, qui sait ? Peut-être simplement à me mettre au service de la communauté, à faire le don, le don de ma chatte… »

génie.
par @karen.lrc

trou story

J'ai trop une histoire pour @latrentainetmtc

Je me suis évanouie quand un mec m'a embrassée tout à l'heure (j'étais consentante)

Genre malaise vagal, trop d'émotions je pense. J'ai fait passer ça pour de l'hypoglycémie.

J'ai ensuite vomi dans mes toilettes, puis dans ma salle de bains. Je crois même que j'ai pété. Lui, trop gentil, m'a donné un verre d'eau et du sucre.

S'il me rappelle c'est un miracle.

Voilà. Faut en rire hein hahaha

mais vous êtes magiques ♡

vos screens magiques

génie.

ceci est un zizi ↙

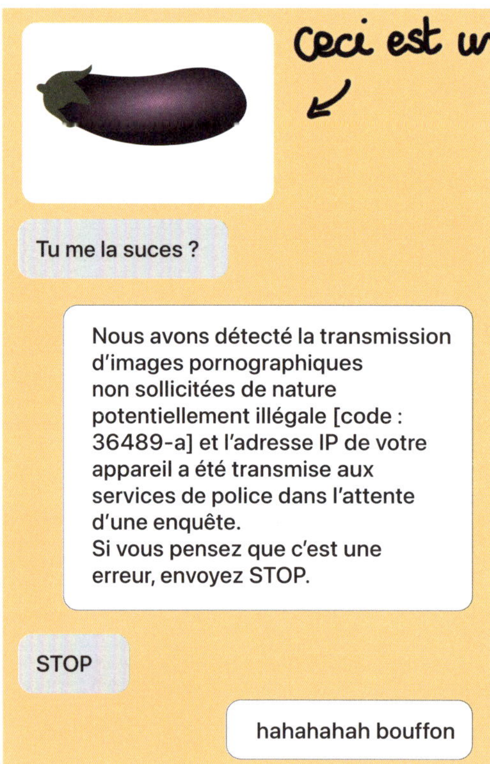

define "drunktexting"

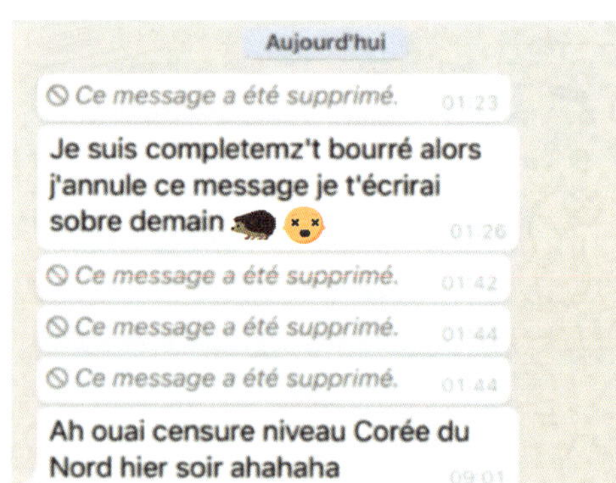

l'offre et la demande

Statistiquement prouvé.

« Nous ne sommes malheureusement pas en mesure de donner une suite favorable à votre candidature pour le moment.

Nous nous permettons, sauf avis contraire de votre part, de conserver votre CV pour une durée de six mois, dans l'éventualité où une opportunité se présenterait.

Bien cordialement. »

déclinable

dater à 30 ans

bon en vrai...

...on est tous un peu pétés...

...nan mais genre vraiment.

les relationships.

dónde está le prince charmant ?

LA VIE, C'EST PAS UNE COMÉDIE ROMANTIQUE.

On va pas se mentir, en amour on a quand même des attentes démesurées. La faute à *Love Actually* et à cette catin de Cendrillon.

Le gars, faut qu'il soit beau, intelligent, drôle évidemment, puis riche, ce serait quand même pas mal ! Ah nan, lui, il perd des cheveux, c'est pas ouf ; attends, son nom de famille sonne pas bien avec mon prénom, et puis je suis pas fan du tee-shirt qu'il porte sur sa quatrième photo Tinder®... Naaan et puis il est Scorpion quoi, ça pique comme signe, je préfère les Sagittaires. Moi, j'aime bien les bruns barbus ténébreux de toute façon.

On est tous et toutes là à attendre *THE ONE*, notre âme sœur, le prince charmant, l'homme parfait. Tu sais, la personne qui mettra des paillettes dans ta vie et des papillons dans ton ventre.

Mais, à 30 ans, après quelques désillusions et ruptures *hardcore*, tu commences doucement à te rendre compte que, tout comme le père Noël, le prince charmant (idem pour la princesse, hein) n'existe pas.

gros mytho

Non, déso, personne ne va débarquer sur son cheval blanc pour venir te sauver de ton métro-boulot-dodo et t'emporter au loin sur une plage des Caraïbes.

personne, jamais :

Et même si tu finis par trouver Charlie, tomber follement *in love* et te marier, y a quand même 45 % de chances qu'un divorce mette fin au « ils vécurent heureux et eurent beaucoup d'enfants ».

Alors, est-ce qu'on ne prendrait pas le temps de se rencontrer, de se découvrir, de passer de bons moments, de JUSTE PROFITER DE MAINTENANT avant de se mettre une pression de l'espace parce qu'on a 30 ans et qu'il faut absolument LA BONNE PERSONNE ?

Est-ce qu'on n'essayerait pas juste ? Parce que sur un malentendu… La vie c'est quand même bien plus qu'1 h 30 de comédie romantique. Quand les acteurs rentrent chez eux, l'amour, le vrai, il faut le faire durer.

une relationship = un plat

by mes génies de followers & me

Parce que mes crushs/chopes/dates/PQR/ex ils ressemblent quand même vachement à des plats. Métaphores non véganes, déso.

le vieux sandwich de rando

T'as tellement faim que tout ferait l'affaire...

le McDo®

Plaisir du moment, engendre des regrets.

le tiramisu

Plein de promesses pour t'envoyer au septième ciel, mais le biscuit reste mou.

la raclette

Parce que c'est meilleur à plusieurs.

le smoothie au kale

Tu t'es dit que ce serait une option *healthy* pour une fois... Mais c'est aussi dégueu que ça en a l'air.

le plat gastro

Il est beau, raffiné, instagrammable…
mais il te remplit pas (et, du coup,
tu passes au McDo® après. CQFD).

le Tupperware® *

Celui qui reste au fond du frigo
pendant un temps et que
tu réchauffes quand t'as plus rien.

* flemme de dessiner

le petit déj'

Celui avec qui tu as envie
de te réveiller.

le kebab

Tu le trouves dégueu
normalement, mais à 5 heures
du mat', tu le démontes…

l'amuse-bouche

Petite distraction en attendant
les choses sérieuses.

le comté 36 mois

On a galéré à le trouver
dans tout Paris. Petite pépite ❤

Le surgelé : pas ouf en temps normal, mais pratique quand t'as la dalle ;)

La salade : c'est léger, mais t'as faim 2 heures après ;)

Ne pas oublier l'endive au jambon ! Hyper appétissante à première vue mais qui laisse un goût amer quand c'est terminé

Le velouté de légumes : utile et réchauffant pendant l'hiver, mais pas le plat de l'année, on n'en veut plus dès qu'il refait chaud et qu'on peut sortir

On en parle du plat que tu as mal digéré, mais que tu reprends parce que c'est la hass ?

Le paquet de chips : une fois que t'as commencé, impossible de ne pas y retourner, et quand le paquet est vide, tu te sens comme une merde

Le Deliveroo® : arrive sur demande, de jour comme de nuit, en bas de chez toi

Le pot d'Häagen-Dazs® qui attend sagement au congel' et qui est tellement réconfortant quand tu as un coup de mou

Une relationship
c'est comme un voyage

petitesquisse

Chaque voyage est différent...

Y a des pays qu'on adore immédiatement
et où on a envie de poser ses valises.
Y a des endroits pas si intéressants, sympas
pour se changer les idées, mais où deux jours
passés suffisent amplement.

Y a des villes dans lesquelles on s'oublie.
On passe une semaine de folie, à faire la fête
et à beaucoup rire.
Mais on sait que c'est pas la vraie vie.

Y a des voyages qu'on aurait
aimé faire, mais on en a choisi
d'autres à la place.
Y a des voyages qui ont été annulés
et pas forcément remboursés.

Y a des destinations où on retourne
régulièrement.
On sait qu'on devrait changer d'air,
mais on n'y est pour rien…
On a des attaches et des habitudes.

Y a des voyages qui nous marquent à vie
et d'autres qu'on aurait préféré ne pas faire.
Y a des voyages qu'on est triste de terminer.
D'autres où on est content(e) de rentrer.

Y a aussi des moments où
on n'a pas envie de voyager.
Parce qu'on est bien solo chez soi.

Quel que soit le pays,
on en rapporte toujours un souvenir,
agréable ou non.
Ne serait-ce qu'un tampon
sur notre passeport.

Et puis on traîne devant le rayon des guides de voyage,
à la recherche de notre prochaine destination.

*Co-écrit avec la magique
Clara Lesaulnier*

20 ans
30 ans

ne tourne pas la page...

j'insiste NE TOURNE PAS LA PAGE !!

OK, c'est cadeau !

relation foireuse
tu sais pas lire ou quoi ?
STOP
NO GO
DANGER
moi qui fonce gaiement dedans full accélérateur

safety card
- DATING -

évacuation

Si votre relation prend l'eau, mettez votre gilet de sauvetage.

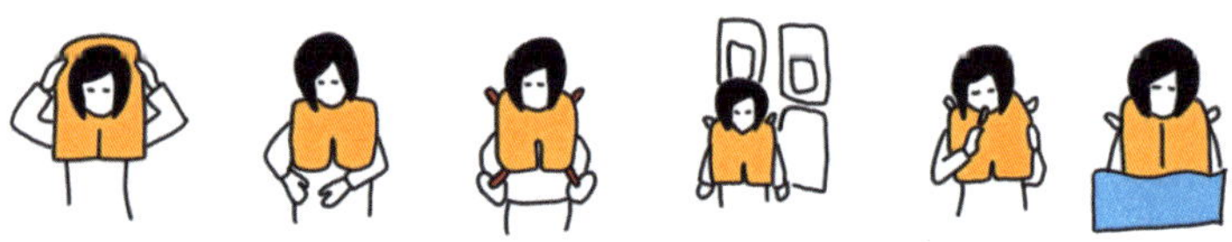

Si ça sent le roussi, évacuez asap.

Avant de quitter la relation, pensez à chercher votre dignité à 4 pattes.

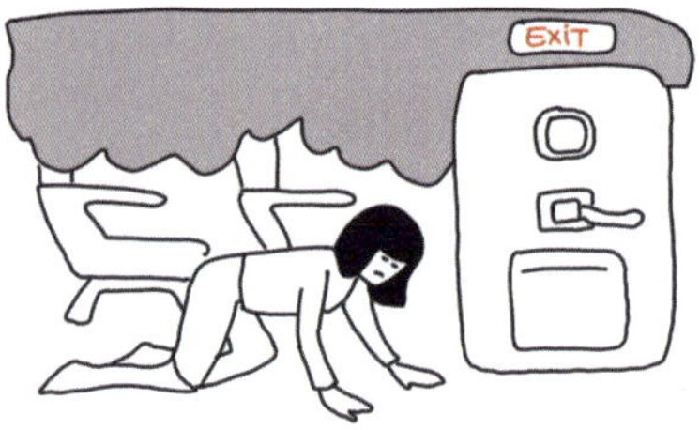

Éteignez vos appareils électroniques afin d'éviter toute rechute.

safety card
- DATING -

emergency exits

En cas de *date* foireux, repérer la sortie de secours la plus proche.

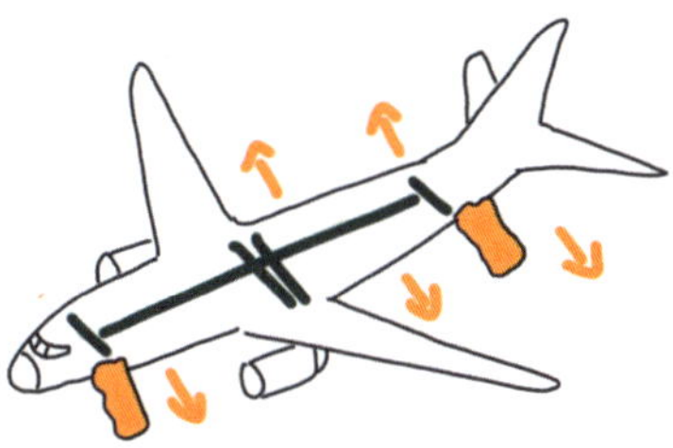

Pour toute peur de l'engagement, pensez à respirer et téléchargez Petit Bambou®.

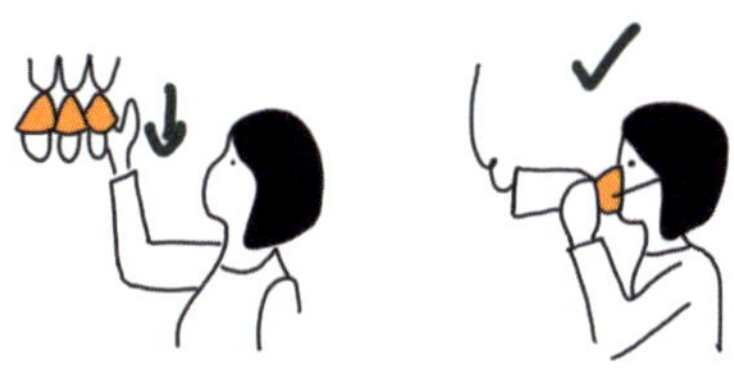

turbulences

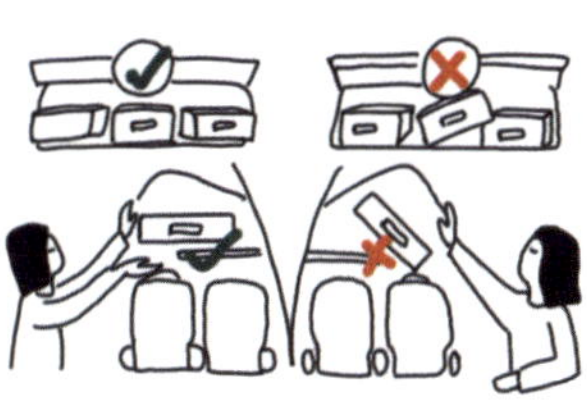

Rangez vos bagages émotionnels pour éviter qu'ils ne vous tombent sur la tronche.

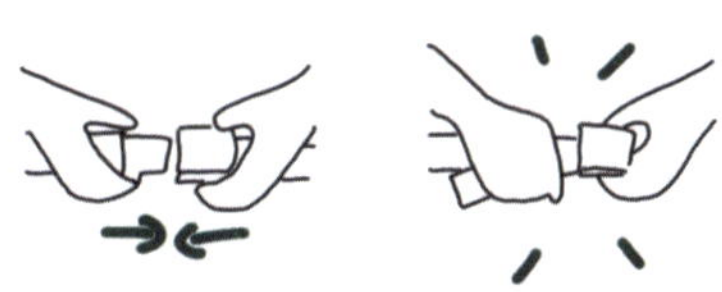

Attachez bien vos ceintures, ça peut durer un moment.

petite bible des meilleures disquettes

excuses plus ou moins crédibles pour tèj ton crush

Je ne ressens pas l'élan

Je te quitte car tu n'es pas ma priorité

Je dois me concentrer sur l'éducation de mon chat

Je ne suis pas prêt maintenant. Mais attends-moi

J'ai pas les papillons dans le ventre...

Shakespeare

Tu ne cries pas assez,
j'ai besoin de mélodrame pour
me sentir vivant

Top chef

J'aurais préféré
que tu saches cuisiner

le malentendu

« Ah mais j'ai jamais
dit qu'on était en couple »

spé maths

Dans une relation il faut être
à 100 % et je suis à 55 %

Je veux continuer à te voir,
mais pas maintenant.
J'ai besoin de temps et d'espace

Je ne veux pas
d'une relation à distance
(il habite Paris, moi le 92)

les PIRES phrases qu'on te dit quand tu te fais larguer

with @coeurconfine*

"1 de perdu, 10 de retrouvés"

Ouais c'est bien connu
je préfère la quantité à la qualité.
où ils sont les 10 mecs du coup ?

"Ça sert à rien de pleurer,
il n'en vaut pas la peine."

MERCI
il est où le bouton pour
arrêter la tristesse ?

"Il faut que tu passes
à autre chose."

je suis bien au courant,
mais on fait comment ?

"C'est un mal
pour un bien"

bon là ça fait surtout mal

* aka ma chouineuse en chef préf' qui s'est fait larguer en pleine pandémie et adore ouin ouin sur Instagram®

"Ah mince du coup c'est plus ton +1 à mon mariage ?"

BEN NON
MDR

"Tu devrais prendre des huiles essentielles."

oui le patchouli ça va résoudre tous mes problèmes

"J'espère que tu vas quand même nous faire un petit avant tes 40 ans."

(...)

"Tu as essayé le yoga ou la méditation ?"

Ahhh mais ouais grave bonne idée !
Je fais ça quand j'ai fini
de bouffer mes graines, OK ?

"De toute façon, c'était un gros con"

Ah bah d'un coup je me sens mieux.
Je viens de passer quelques
années avec.
Ça me fait plaisir que tu le dises
à posteriori.
Et puis comme ça, si on se remet
ensemble... ce sera absolument pas gênant.

mes ex

le set Tefal® au complet

dictons sur les ex

(si jamais l'envie te prenait d'y retourner)

Classico

Recoucher avec son ex
c'est comme ravaler son vomi

Déjà vu

Recoucher avec un ex longtemps après, c'est comme retourner dans un ancien appartement : la déco a changé, mais les interrupteurs sont toujours au même endroit !

la crotte froide

Le syndrome de la crotte froide (valable avec ton ex, ton *fuckboy*, *whatever*) : quand t'es avec quelqu'un et que ça commence à être de la merde, eh bah tu te barres parce que ça pue. Et puis la crotte refroidit et ça sent moins...
alors t'y retournes... ERREUR !
Parce que c'est toujours
DE LA MERDE ! 😅

Déchets

Lorsque tu jettes une poubelle, tu y retournes pas pour savoir comment elle va.

technique pour éviter de ravaler son vomi : rebaptiser son ex

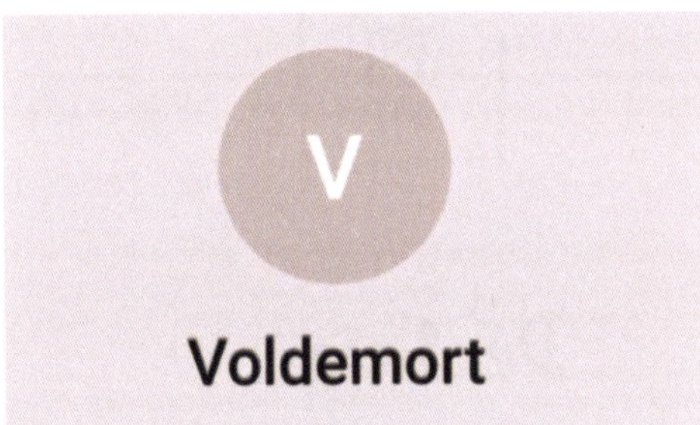

Red flag, ou pas ?

Il/elle ne te contacte jamais en plein jour

☐ Red flag ☐ C'est une chauve-souris

Il y a toujours un « mais »

Exemple : « Je suis bien avec toi, mais je ne veux pas m'attacher »

☐ Red flag ☐ Le BDSM, c'est pas son truc

Ton *feed* Whatsapp® est uniquement composé de « T'es où ? » à 3 heures du mat'

☐ Red flag ☐ C'est Vianney. T'es où ? Mais t'es pas là ? Mais t'es où ? Pas làààà

Ton intuition/tes tripes/Jiminy Cricket te crie de ne pas y aller...

☐ Red flag ☐ Jiminy qui ? connais pas

Il/elle te contacte que pendant ses heures de boulot et par mail

☐ Red flag ☐ Il/elle a plus de forfé

Il/elle ne répond qu'une fois sur deux

☐ Red flag ☐ Amnésique

Il/elle ne veut pas être avec toi, mais ça lui fait « trop mal » que tu vois quelqu'un d'autre

☐ Red flag ☐ Bichon souffre

Aucun(e) de tes potes ne peut l'encadrer

☐ Red flag ☐ En même temps c'est pas une peinture

Je te chauffe. Je te donne plus de nouvelles. Puis je te rechauffe...

☐ Red flag ☐ C'est un micro-ondes

Il/elle te demande de perdre 10 kg pour te trouver attirant(e)

☐  ☐ 

meilleures techniques pour se sortir un ex de la tête
ou un crush

les pragmatiques

- La tequila
- Lister ses défauts
- Offrir à ta sexualité un truc qui vibre
- Le ou la supprimer de tes internets

les divertissants

- L'abonner à pleins de *newsletters* à la con
- Jouer aux fléchettes avec ses photos
- S'inventer une vie sur Tinder®

les extrémistes

- Déménager
- Partir à l'autre bout du monde

(testé et approuvé pour un ex. Pas évident en pandémie.)

les sportifs (team torture)

- 200 *burpees*
- Un marathon sans entraînement

team no limit

- Se taper son ou sa pote
- Se taper son frère ou sa sœur

(j'ai ri)

team pipi caca

- Visualiser la personne en train de chier
- Imaginer l'odeur de ses pets et te dire que tu vaux mieux que ça (lolilol)

Écrire son nom sur du PQ, le jeter dans la cuvette et tirer la chasse, « comme du gros caca »

team "je comble mon vide émotionnel en le remplissant de sucre"

- Milka®
- Mousse au chocolat
- Globalement tout ce qui finit en « a » et qui se mange (fraises Tagada®, pizza…)

team mauvaise idée

- Appeler son ex

bagage émotionnel

20 ans

30 ans

le sexe.

orgasm be like

sextoy

sexe

j'exagère.
j'ai fait des stats, t'en as quand même bien 15% qui reach le goal. Youhou.

the clitoris

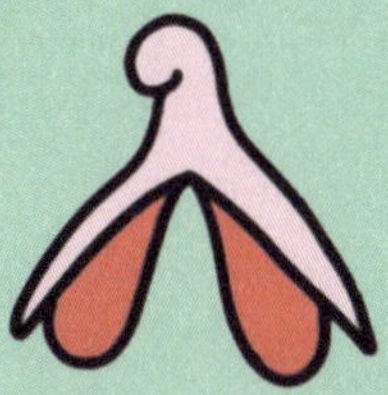

what it looks like

what il pense
qu' it looks like

j'aimerais beaucoup vous dire que ceci
n'est pas inspiré d'une histoire vraie...

RIP clicli ♡

pire coït ever

"On m'a vomi dans le dos en pleine levrette. Le premier rot aurait dû m'alarmer… Trop déchiré le type"

"Sur le plan de travail de la cuisine, 2 verres à pied cassés, 6 points de suture dans la fesse."

"mon chien décide de s'inviter et de lui lécher l'anus"

"je lui faisais une fellation quand mon père a ouvert la porte de ma chambre"

"Son coloc' hurle à la porte « alors il est mieux que celui d'hier ?! »"

"Il m'a annoncé ses fiançailles après une bonne sodomie"

best timing

" Moment torride, puis monsieur se coince les noix dans le mécanisme du Clic-Clac "

" le lavabo de la salle de bains a cédé sous mon poids pendant que la température grimpait "

" Île paradisiaque du Cambodge. mec magnifique qui m'invite dans son lit… infesté de puces de lit "

" Il se met à parler de son ex et tu finis par le consoler nue. "

" Quand mon ex a voulu utiliser un mouchoir et un élastique en préservatif "

Winner

se la jouer romantique (bain, bougies) et voir ses cheveux prendre feu en plein acte

Enquête X-clusive

les fails du plaisir solo

Clairement c'était un gros fail quand j'ai tenté...

Une bouteille de déo

Une banane.
Ça se détériore vite.

La brosse à dents électrique,
elle a rendu l'âme
au bout de 2 secondes

RIP petit ange parti trop tôt

Un gros stylo 4 couleurs
qui s'est dévissé dedans

Utiliser le lub' pour faire
rentrer... le tube de lub'... oui

La flûte dans la teuch
ambiance *American Pie*

Le beurre salé
comme lubrifiant

J'avais 15 ans...
un Stabilo®

La manette de PS2 de
mon frère, quand elle vibrait...

Par contre le manche du tournevis Ikea®...

La queue de ma peluche Marsupilami

Le savon de Marseille en pavé (erreur de jeunesse)

Le fouet à pâtisserie

Avec un cierge

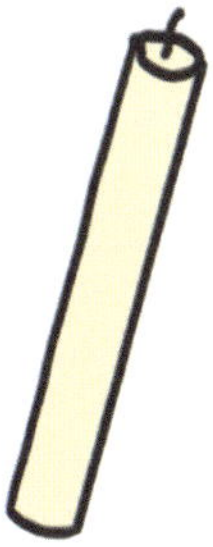

Manche de parapluie et de béquille, oui oui, ça passe

La masturbation en pleine mer
mauvais plan... le sel, ça brûle

Quand tu tentes le pommeau de douche mais que ton mitigeur est capricieux

thank God y a ROBERT

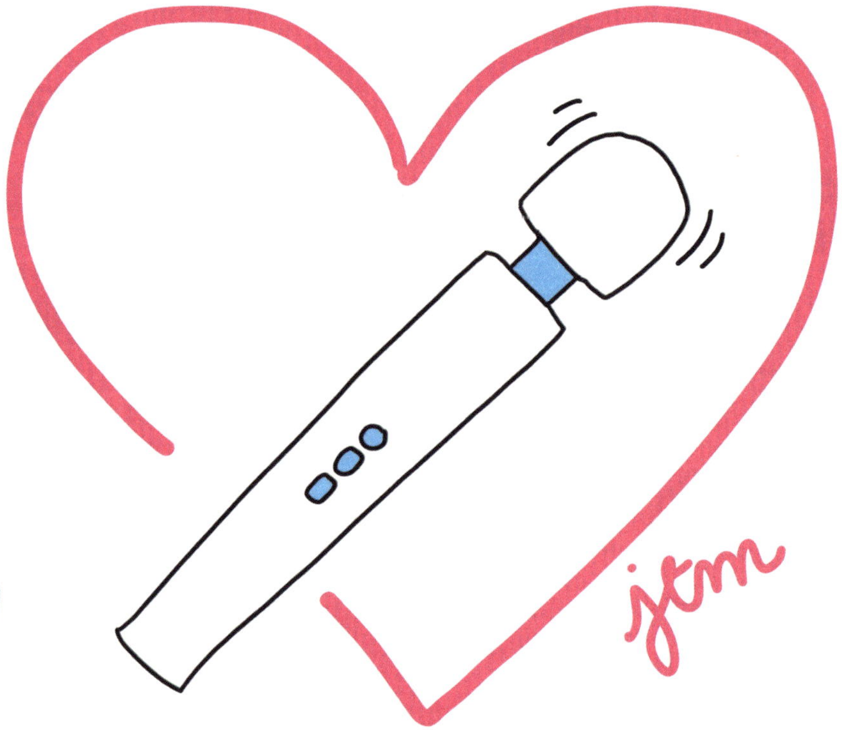

le joujou magique qui fait vibrer
tout l'immeuble mais t'emmène
sur Pluton en 2 minutes chrono...

PS: ceci n'est pas un micro

best of

les petits noms de vos jouets

MON PRÉF'

Merlin l'enchanteur

LES RIMES

Greg le Zgueg, Hervé le godemichet

LES PRÉNOMS

Roger, Henri, Adrien, Gégé, Pablo, Raoul, Ferdinand (je cite "pour pouvoir crier Ferdiouiiiii")

LES FANTASMES

George Clooney, Pierre Niney, JoeyStarr, Olivier Giroud, Barney Stinson

LES INCLASSABLES

gentil, copain, artichaut, kiwi, vroum vroum, truc

rébus :

réponse : sodomie

la mif.

- jeu des 7 familles -

famille "les potes en carton"

Le faux plan :
annulation 1 heure avant ou « ça te dérange si je viens avec mon mec ? » 😀

L'horloge cassée
« j'arrive dans 2 minutes » mais en vrai dans 1 heure

Le malade imaginaire
(ou pas) : j'ai mal partout et tout le temps

Et les potes qui passent leur vie à tout mettre en story Instagram®...
Toi, t'as rien demandé, juste de te mettre une bonne tête en soirée et tu te retrouves à 3 heures du mat', bien zoomée, bien dégueu, sur une bonne musique de la honte genre Larusso.

quand t'updates tes potes maqués sur ta vie sentimentale

On va pas se mentir, quand t'es la dernière personne célib' de ta bande de potes, t'es un peu l'attraction de la soirée. Après avoir fait un tour de tous les sujets passionnants : courtiers, taux d'intérêt, prépa du mariage, week-ends chez Casto – « oh ! faut que je te montre, on a arraché toute la moquette » –, déco, accouchement (à peu près le moment où t'as envie de t'enfoncer une fourchette dans la carotide)… C'est à ton tour de parler !

« Et toi, alors, quoi de neuf ? »

Ça y est, les potes sortent le paquet de pop-corn, se tournent tous vers toi et t'écoutent raconter tes *dates* foireux avec des étoiles dans les yeux. « Mais naaaaaan », « attends, mais lequel de mec, déjà ? », « incroyable », « je peux *swiper* ton Tinder® pour voir ? J'aimerais bien essayer », « huhu c'est rigolo »…

ton/ta pote a eu un baby
best of des trucs insupp'

TRUC N°1

DEVOIR DIRE QUE LE BÉBÉ EST *CUTE*

« Il est trop beau mon fils, hein ? »
Bah non, mais je vais pas te le dire, hein !

TRUC N°2

QUE L'ÂGE SOIT ENCORE DIT EN MOIS APRÈS 1 AN

Les gars, stop, on parle d'un enfant, pas d'un fromage affiné.

TRUC N°3

LE VOCABULAIRE DÉBILE QUI VA AVEC

« On sort de chez le gygy » (comprendre gynécologue),
« on va lancer bb3 » (comprendre le troisième enfant),
« ça y est, les juju sont assez grands » (comprendre les jumeaux).

TRUC N°4

LES LISTES DE NAISSANCE

« Comme tout le monde me la demande, je publie la liste de naissance sur Facebook®. » *Seriously* ? J'ai déjà claqué la moitié de mon PEL pour ton EVJF, l'autre pour ton mariage. On lancerait pas une liste de célibat ? Y a quelques sextoys stylés qu'on pourrait mettre dessus.

TRUC N°5

LES DISCUSSIONS, CE LOINTAIN SOUVENIR

Conversaquoi ? De quoi ça s'agit ?
Nan, j'exagère, on va donc parler du caca de bébé pendant 90 % du verre (d'ailleurs, peut-on vraiment qualifier une tisane de verre ?).
Puis il restera 10 % du temps pour qu'on discute de ta vie de célib'.
Le tout avec des pages de pub approximativement toutes les 17 secondes.

TRUC N°6

PASSION CACA

Ahhhhhh les conversations préf' des jeunes parents.
« Oh ! Elle a fait un caca vert » en ouvrant et reniflant la couche en plein dîner.
« Oh ! C'est super, il est plus constipé, il a enfin fait une jolie crotte. »
On A-DO-RE avoir le rapport détaillé des selles de vos bambins.
Point bonus pour celles et ceux qui se sentent obligés d'illustrer leurs propos avec de superbes stories caca.

TRUC N°7

« HAAAN JE SUIS SI FIÈR(E) DE TOI »

Mais l'enfant a 6 mois, tu es fier de quoi exactement ?
Qu'il bouffe son petit pot ? Qu'il fasse ses nuits ?
Parce que moi aussi je fais mes nuits et j'en fais pas tout un flan.

TRUC N°8

APÉRO CHEZ BÉBÉ

« Ça serait cool que tu viennes tôt, comme ça, tu vois bb… »
Oh oui ! Top ! Comme ça, on ne pourra avoir absolument aucune conversation, on le regardera béatement saisir des biscuits apéro, les foutre dans sa bouche et les remettre dans le bol avec un petit filet de bave avant de faire du tam-tam sur la table basse.
Puis ce sera l'heure du dodo. Une heure pendant laquelle tu es solo à table et, 350 berceuses plus tard, le divin enfant se sera enfin endormi.
Chouette ! L'apéro va pouvoir commencer !
« Ça te dérange de chuchoter pour pas réveiller chaton ? »

TRUC N°9

QUE LES BÉBÉS ENVAHISSENT MON *FEED* INSTAGRAM®

Bébé à la plage, bébé fête son moisiversaire, bébé a une tenue assortie avec maman.
Les babies envahissent nos *feeds* Insta, mais, attention, on met des carottes ou des 😀 sur leur tête pour préserver leur intimité, hihi.
Sinon, mets pas de photos, ça ira plus vite ?

TRUC N°10

« TU VERRAS, C'EST QUE DU BONHEUR »

« Tu comprendras quand tu seras maman ! »
Arrête, en vrai, tu ne trompes personne. On sait que tu en chies.
Et puis, honnêtement, là de suite, je suis plus très sûre d'en vouloir.

2 AM

mes potes — moi

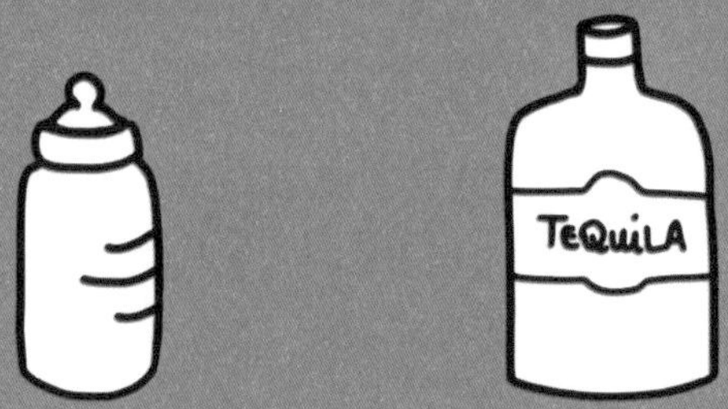

désir d'enfant

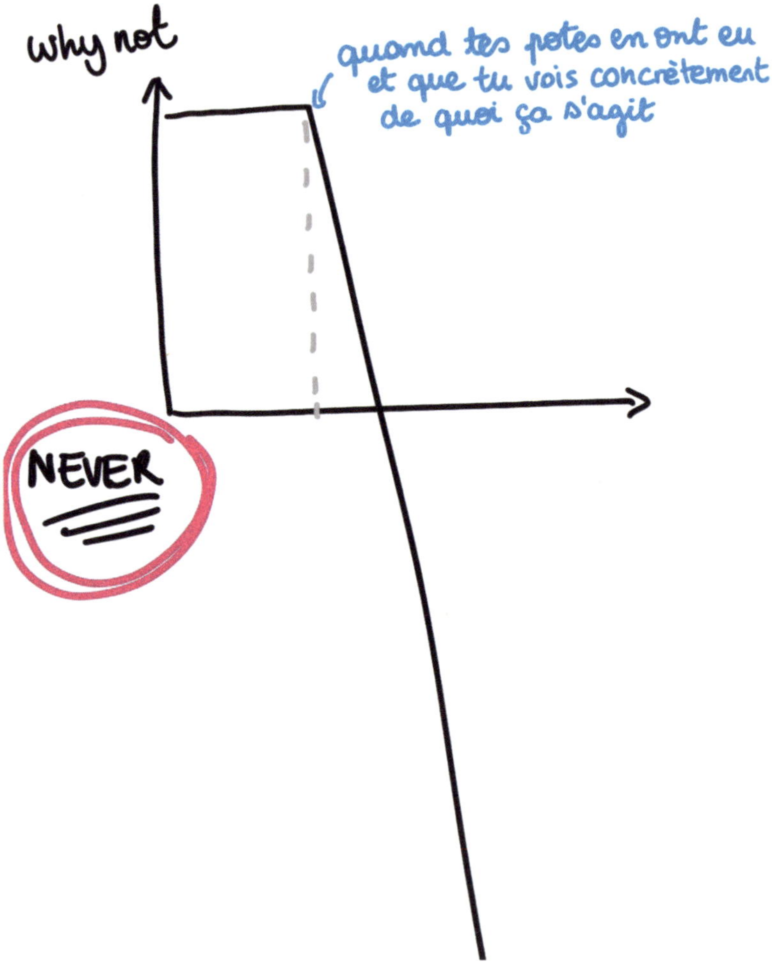

les canards

6 signes que ton pote est devenu un énorme canard

❶ LE CHANGEMENT DE PRONOM

Le « on » remplace le « je », genre fusion.

❷ LA PASSION SOUDAINE POUR LE FOOT

Tiens, c'est drôle, ton ou ta pote a subitement regardé tous les matchs de Ligue 1 alors qu'honnêtement, la seule raison pour laquelle il ou elle a maté la finale de la Coupe du monde, c'est pour les fesses de Griezmann. Marche aussi pour la rando, la poterie, *Koh-Lanta*, etc.

❸ DOUDOU. SAIT. TOUT.

« Ça va mieux, ta mycose vaginale ? Elle m'a raconté. »
Tout, je t'ai dit.

❹ LE MANQUE D'OBJECTIVITÉ

« Il est gaulé comme Chabal » alors qu'il ressemble à un mikado.

❺ 1 ACHETÉ, 1 OFFERT

« Pour la soirée potes, je viens avec Doudou, je vais quand même pas l'abandonner en solo à la maison. »
Canard d'or : quand ton ou ta pote te prévient même plus lorsque son +1 vient à votre déj' en tête-à-tête.

❻ TON OU TA POTE VOIT DES SIGNES PARTOUT

« Tu te rends compte ? On aime tous les deux rigoler. C'est fou ! »
« Tu te rends compte ? On dort tous les deux quand on est fatigués ! C'est dingue ! »
« WAH ! ON RESPIRE TOUS LES DEUX ! C'est un signe ! »

les EVJF / les EVG

Ah ! La trentaine… Cette belle période, jonchée d'étapes clefs qu'il faut à tout prix respecter pour être un adulte responsable. Quelqu'un de bien. De socialement acceptable.

L'une d'entre elles n'est autre que le mariage, cette fête démentielle que l'on espère organiser une seule et unique fois dans sa vie, ce débordement d'amour et d'énergie folle (normalement). Certaines personnes, comme dans *Mariés au premier regard ou La Robe de ma vie*, décident que ce jour se doit d'être un règlement de compte de toutes les embrouilles des dix dernières années (sans engueulade, la fête est moins folle).

Mais pour goûter au champagne, aux sourires émerveillés, aux discours tirant sur les larmes et à la joie omniprésente, il faut passer par l'étape préliminaire. Une épreuve digne d'un *featuring* de *Koh-Lanta*, de *L'Île de la tentation* et des *Marseillais à Cancún*, j'ai nommé : l'enterrement de vie de garçon ou de jeune fille !

Le concept ? La vie de couple et l'engagement de fidélité étant une sacrée tannée, il faut donc profiter des plaisirs du célibat tant que ceux-ci restent possibles et envisageables sur une nuit ou quelques jours.

Quelle belle vision du mariage.

Au XVIIIe siècle, on emmenait le futur marié ivre mort au bordel, histoire qu'il puisse dépuceler sa future épouse en lui refilant la syphilis. *Thug life*.

Aujourd'hui, on reste sur une ambiance plus « traditionnelle » et presque digne d'un samedi soir lambda, à la *Very Bad Trip* : on boit et on oublie.

Ces événements ne sont en réalité qu'un *crash test* : savoir qui sont tes véritables potes et s'il faut maintenir ou non l'invitation au mariage. Tout le monde a déjà croisé un groupe de jeunes filles dont l'une était déguisée en reine des neiges, un collier zizi autour du cou, distribuant des préservatifs aux passants.

Chaque fois, un « il est trop tard pour changer d'amis, *sorry* » manque de nous échapper.

Car oui, les activités choisies pour animer ces « événements » ne sont que cruauté et humiliation. Certains semblent rivaliser de sadisme au moment de dresser la liste des gages. Déguisons la future mariée en lapine sexy et disons-lui d'aller manger dans les assiettes des gens au restaurant pour voir si ça passe ! Enfermons-la dans une pièce remplie de mygales alors qu'elle souffre d'arachnophobie !

On table sur une humiliation, car on a le seum de ne pas être la personne qui se marie ? De quoi se venge-t-on ?

Les personnes invitées aux EVJF et EVG ne sont qu'un savant *melting-pot* de différentes personnes qui ne se connaissent pas (amis d'enfance, du lycée, d'études supérieures, collègues et j'en passe) et ne se sont croisées que trois fois à des soirées d'anniversaire. Or, nous avons tendance à occulter que nous sommes des personnes plurielles : nous pouvons très bien rigoler de blagues grivoises dignes de Bigard le samedi midi et nous enflammer sur la place de Proust dans la littérature du XIXe siècle le dimanche soir.

Sociologiquement, nous réservons une ou deux facettes de nos personnalités à chaque personne que nous rencontrons et nous tissons des liens ensuite, gaiement. Un verre peut déjà être relativement long lorsqu'on n'a aucun atome crochu avec la personne en face : comment gérer cette rencontre s'étalant sur un week-end pendant lequel nos proches peuvent s'entre-tuer en deux-deux ?

Après, la vie reste magique et source de bonnes surprises : l'ami(e) comptable peut s'entendre à merveille avec la ou le prof de yoga.

Avant de partir s'exiler dans une maison ou une ville d'Europe accessible avec Ryanair®, il faut s'organiser et décider du lieu de chute. Commence l'enfer des groupes WhatsApp® où tout le monde donne son avis à qui mieux mieux sans pour autant écouter les autres.

On y repère les radins : « ah, je ne peux pas mettre plus de 100 euros pour le week-end à Barcelone, avion hébergement et restaurant compris », et les égoïstes richissimes : « on se fait une semaine à Cancún en *all inclusive*, baptême de plongée avec les dauphins et dégustation dans un cinq-étoiles par Michalak ».

De toute manière, les EVG et EVJF obéissent à la règle de l'incompréhension : parfois, tu reçois ton carton d'invitation et tu ne sais pas pourquoi. Tu ne parles plus à la personne depuis plusieurs mois, voire des années, tu te fends juste d'un like sur Instagram® ou Facebook® les nuits de pleine lune. Alors, pourquoi recevoir une invitation au plus beau jour de sa vie alors que, de ton côté, tu ne te donnerais même pas la peine de lui proposer une pinte de Kro chez toi ? Tu te demandes si on n'essaye pas de meubler comme on peut ; par exemple, l'un des futurs noceurs a plus d'une centaine de *guests* alors que l'autre culmine à dix maximum. On ne fait pas appel à toi pour la qualité de ta relation avec l'un des futurs protagonistes, mais juste pour assurer son image de personne populaire et appréciée face aux autres.

Mais revenons aux EVG et EVJF, ce fléau du kitsch.

Tout commence par cette simple phrase : « Hiii et si on faisait un *dress code* ? »

Misère, malheur et Cristina Córdula.

Le plus souvent, le *« dress code »* n'est qu'un tee-shirt en coton de piètre qualité avec, floqué dessus, les épitaphes suivantes : « la mariée », « l'équipe » ou *« bride »* et *« team bride »* (si on est bilingue). D'autres partent sur des formats géants de « Machin se marie », le tout de couleur vive et pétante, à paillettes, reflets et textures différentes. En conclusion, ce tee-shirt que tu payeras 20 balles restera au fond du placard une fois ce week-end passé, car tu n'oseras jamais le remettre, même pour dormir. Il finira sa vie en chiffon à vitres.

« Tout ce qui se passe ici reste ici », hurleront les personnes présentes lors de cet événement, le verre levé.

Mais, bien évidemment, trois monstres en feront des dossiers d'une gênance extrême et balanceront les meilleurs moments sous format PowerPoint en plein milieu du mariage : « Ah bah monsieur, déguisé en fille, un crocodile gonflable sous le bras dans le train. » Hahaha. Hilarant.

— Oh, on lui prend un chippendale ou une strip-teaseuse ?

Je ne comprends pas. Je ne comprendrai jamais.

Bien sûr, cela a toujours été le rêve de n'importe quelle femme d'avoir un homme déguisé en cow-boy ou pompier en face d'elle, qui la colle comme un bonbon sur un papier, puis de le voir enlever ses fringues pour y découvrir un string éléphant et un corps tout huileux, ambiance churros à la plage. Elle sera plus que ravie de retrouver sa future moitié après ces jours d'enfer. Mais, petit problème, elle n'aura plus jamais envie de commettre le péché de chair avec lui après un tel traumatisme.

En conclusion, l'EVG et l'EVJF ne sont qu'un prétexte pour se faire des vacances entre potes, sans « bibi » ou « mon cœur » collé aux basques – idée que certains oublient un peu dès qu'ils obtiennent le Saint Graal du couple. Voir l'autre perdre de sa nonchalance, son côté guindé et respectable de futur adulte prêt à convoler. Retrouver son pote, en quelque sorte.

by la brillante
@lagrandebrune_

les darons

tous les mêmes.

- Chaque fois que tu passes chez eux, c'est « SOS problèmes informatiques ».
- 15 fois que tu leur expliques comment faire un *screen*.
- Ils ne comprennent pas grand-chose à tes choix de vie.
- Ils te mettent (plus ou moins subtilement) la pression :
  « Tu sais, Monique, elle vient d'être à nouveau grand-mère. »
  « Et que devient David ? » (ex qui date de 1990)
  « À ton âge, tu pourrais regarder pour acheter quand même… »
- C'est le drama quand tu ne donnes pas de nouvelles pendant deux jours.
- Ils ont une manière bien à eux d'écrire des SMS… en abusant des points de suspension…
- Ils demandent « c'est qui ? » quand on leur montre une vidéo drôle.
- Ils se sentent obligés de donner leur avis sur ta ligne :
  « Oh ! T'as grossi. »
  « Oh ! T'as maigri, ça te va bien. »
- Ils adorent commenter et liker tous tes posts Instagram® (et puis ceux de tes potes).
- Appel entrant de maman :
  « Allôôôô ma chérie, c'est mamannnnn ! »
  No, seriously ?

Bon, par contre, on ne va pas se mentir, plus tu vieillis, plus tu leur ressembles…

facetime® parental

les potes à 30 ans

ceux qui se marient

ceux qui ont des bb

ceux qui partent en tour du monde

ceux que t'as perdus de vue

ceux qui se reconvertissent

ceux à qui t'as plus rien à dire

petit shot de

nostalgie.

back to 1997

8 souvenirs de mes 8 ans

1

j'ai tué quelques Tamagotchi®
avec le bouton reset

2

je signais toutes mes lettres avec

B ig
B isous
B ien
B aveux
B elle
B rune/blonde

(j'écrivais des lettres !!)

3

j'étais réveillée la nuit par mon Furby®

4

je collectionnais les feuilles Diddl®
(surtout celles avec une odeur)

5

je rembobinais mes k7 audio avec un crayon

6

je prenais des photos claquées avec des appareils jetables

7

je jouais à ma Sega®
pendant des heures

8

et j'avais un bel appareil
dentaire multicolore...

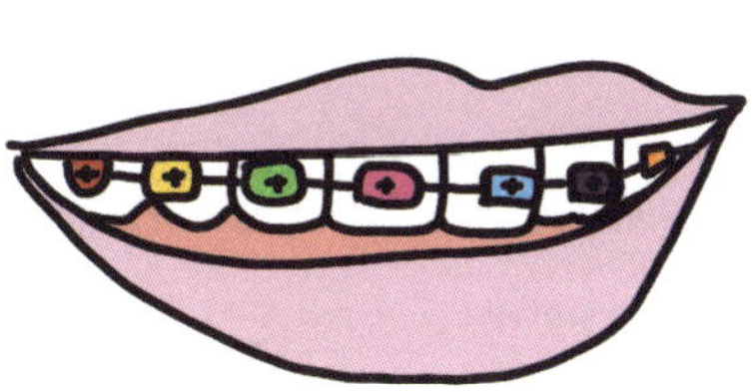

à la TV

- Les Minikeums
- Hey Arnold
- Denver
  le dernier dinosaure

au ciné

- Titanic
- Hercule
- Jurassic Park

musique

- Aqua, Barbie Girl
- Spice Girls, Wannabe
- 2be3, Partir un jour

2 Be 3

les bandits de bac à sable

fan 2®

Oooooh ! Je vendais leurs posters dans la cour 😀

Je découpais les articles
que je recollais sur des feuilles
à grands carreaux et
que je revendais dans la cour

Je les échangeais
contre des goûters

start-up nation

J'avais un commerce
de sarbacanes-effaceurs et
de billes de cartouches d'encre

le gang des billes

Je vendais des « billes
chinoises », c'était les cailloux
plats de l'aquarium de mon
poisson rouge

J'ai fait croire aux petits du primaire
que les billes « œil de chat »
valaient plus que les billes pépites...
Du coup je leur refilais toutes mes
« œil de chat » pourries contre
leurs pépites trop fraîches 🐱 🐱

family business

Mon père me faisait des faux pogs
avec l'imprimante et du carton,
et je les échangeais contre plusieurs
vrais pogs « parce que c'était
des exemplaires uniques » 😀

huhu

Au collège, je vendais des feuilles de
platane séchées et émiettées
à une débile qui pensait que c'était
de la *weed*

les victimes (aka les gros pigeons) témoignent

J'ai échangé tous mes Babies®
contre des embouts de sacs
en plastique de supermarché.
Pigeon

Une fille en primaire m'a échangé
ma carte d'une des Spice Girls
contre une photo d'elle bébé,
m'assurant que c'était Mel C.

On m'a vendu une fausse
peluche Diddl® en porte-clés parce
que j'en rêvais, son oreille s'est
décousue jour 1
Gaspard si tu me lis mange
tes morts

* bruit du pigeon

back to 2001

12 souvenirs de mes 12 ans

1. les parties de Snake sur 3310®

2. le Démineur dont j'ai jamais compris les règles

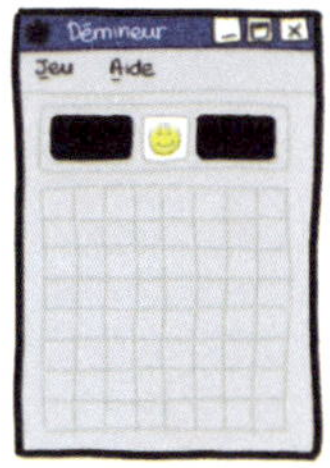

3. la vie.

4. ce truc qui jaillit

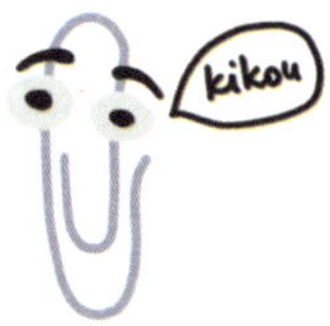

5. beaucoup de style

6. les colliers dauphin

7. Ces autres colliers

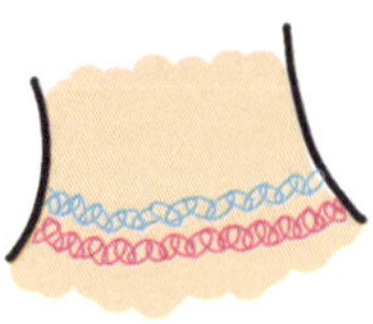

8. Cette antiquité

9. Les Buffalo®

10 Une grande classe

11 les boucles d'oreilles virus

12 les posters qui recouvrent les murs de la chambre

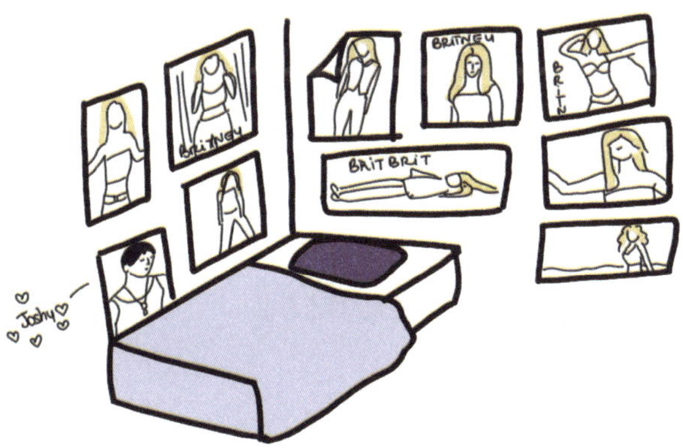

à la TV

- La Star Ac'
- Loft story
- Charmed

au ciné

- Harry Potter 1
- Amélie Poulain
- Bridget Jones

musique

- S club 7
- Britney Spears
- Avril Lavigne
- Lorie

Un Joshy toutes les 50 pages
c'est un peu comme du bifidus actif

jouets

il fut un temps

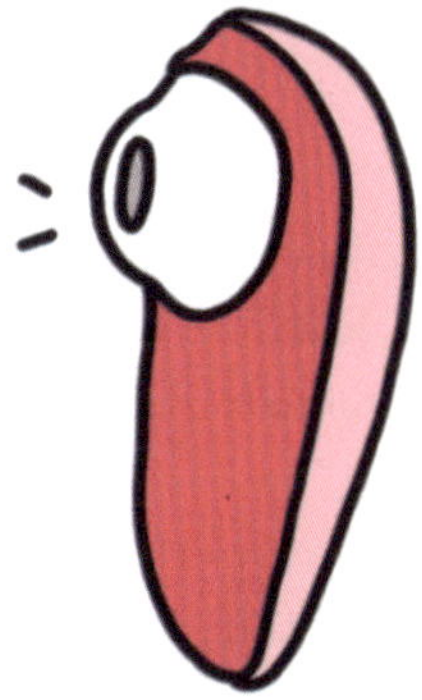

maintenant

bingo KiDS des 90s

@latrentainetmtc X @nineties.memes

tu utilisais Encarta® pour tes exposés	tu t'es mis une cuite au Smirnoff Ice®	tu comprends la question "asv ?"	tu sais qui sont Tom-Tom et Nana
t'as échangé pogs & billes à la récré	t'as déjà maté ton âge au fond d'un verre Duralex®	tu as appris la patience avec le modem 56 k	t'as écrit des lettres sur du papier Diddl®
tu jouais au Pinball & démineur sur Windows 98®	tu connais par cœur les paroles de "Mélissa" des Minikeums	tu sais à quoi sert une disquette	t'as mis une semaine pour télécharger un film sur eMule
Toiii AuSsi T'As deMaNdÉ dE lâchEr dEs CommZzzz	tu rembobinais tes VHS pour voir tes Disneys® préf'	t'as joué à Adibou® ♡	tu sais comment t'occuper d'un Tamagotchi®

mots de la fin.

30 is ~~the new~~ c'est mieux que 20 wesh

Je vois partout le hashtag *#30isthenew20*, mais trop pas…

Bon, déjà, déso, mais physiquement, on a bien vu qu'on n'avait plus 20 ans (spéciale dédicace à tes intolérances alimentaires, tes premiers cheveux blancs, tes gueules de bois de l'espace ou ton abonnement chez l'ostéo).

Et puis 30 ans, c'est carrément plus stylé que 20 (pandémie mise à part).
À 20 ans, t'as zéro thune, tu passes tes soirées à réviser dans un studio minuscule, t'as pas les moyens de payer un resto, tu squattes des heures en terrasse avec un café à 2 euros.

À 30 ans, tu gères ta vie (oui, même si elle ressemble pas mal à Tchernobyl), t'es indépendant(e), tu prends tes propres décisions, tu vas dans des restos stylés, tu pars en vacances absolument où tu veux, tu vends un rein pour un aspi et un autre pour ce que tu veux SI TU VEUX. Tu manges des céréales le dimanche soir devant Netflix® sans personne pour te faire la morale. Si t'as envie de partir sur un coup de tête vivre en Australie ou élever des chèvres dans le Larzac, tu peux. Nan et puis on ne va pas se mentir, avoir 30 ans au pieu, c'est vraiment mille fois mieux.

À 30 ans, on sait qui on est, on se connaît, on s'assume. Alors oui, on est tous et toutes complètement *fucked up*. Soit. On a nos casseroles, nos histoires, nos expériences. Mais 30 *is not the new* 20. 30, c'est tellement mieux !

le sens de la vie
(par ici ça marche aussi)

un BG et des loutres

allô tu croyais vraiment que j'allais faire un bouquin sans ça ?!

Nabiiiiiiil ♡

→ excès de mignonnerie

BOOM

bichoooon

le BG de l'espace →
c'est l'incroyable
Nabil Taleb
@nabiltaleb_

les vidéos que je te recommande

- **Alison Wheeler**
  30 ans la demi-molle de l'existence
- **Marina Rollman**
  30 ans et la relativité de l'âge
- **Bref.**
  Épisode 46, J'ai eu 30 ans
- **Louanne & Swann Périssé**
  20 ans VS 30 ans
- **Lolywood**
  La trentaine
- **Les Orties, Yann Marguet**
  Vieillir

les collabs ♡

La magie d'Instagram®, c'est aussi qu'on se fait plein d'instapotes. Petit récap des *guests stars* de mon bouquin, que j'aime d'amour.

PETITE ESQUISSE
ahhhhh Elsa. Elsa Forneris, c'est un shot de bonne humeur et de douceur. En plus d'être une illustratrice incroyable, elle me comprend bien dans mes galères de reconversion pro (elle bossait dans le conseil avant). Si tu veux de la poésie dans ta vie, *go* la *follow* sur Instagram® : @petitesquisse

LA GRANDE BRUNE
mais je suis si FAN des textes corrosifs de la Grande Brune. C'est juste, c'est vrai, c'est si bien dépeint. Tout le monde en prend pour son grade (les jeunes mamans, les potes radins, les canards...). Un ré-gal.
Va lire son blog, ça en vaut mille fois le détour.

TINDER ET SES PÉPITES
fan absolue de ce compte qui montre tous les cassos qu'on croise quand on est dans le *dating game*. Ça permet de se sentir un peu moins solo et de rire un bon coup.
Go follow ce compte magique : @tinderetsespepites

UNCHANTED
Unchanted aussi, elle connaît bien la crise de la trentaine, et elle s'est dit qu'il valait mieux en rire. Bon, en plus d'être une personne formidable dans la vraie vie, elle a une imagination débordante, le *best* sens de la répartie de tout l'ouest du Mississippi et l'art de jouer avec les mots. *Go* la *follow* si toi non plus tu ne crois pas au prince charmant : @_unchanted

BABA AU RHUM
à chaque fois que je vois une illu de @le_baba_au_rhum, je me dis toujours « mais tellement !!! » (et puis j'avoue : « putainnnn ! J'aurais trop aimé avoir cette idée »).
Go la *follow* pour un shot de bonne humeur.

RÉPONSE À TOUT
merveilleuse personne qui tient un merveilleux compte Instagram®, qui t'aide à répondre à toutes les remarques sexistes qu'on te fait quotidiennement.
Tu ne seras plus jamais en mode : « Punaise, j'aurais tellement dû lui répondre ça pour le ou la remettre à sa place ! »
Go la *follow because* on a besoin de plus de gens comme elle : @reponse.a.tout

NABIL TALEB
officiellement mon BG préf' de 2021. En plus d'être beau, c'est clairement le BG le plus sympa *ever*. Merci Nabil !

NINETIES MEMES
pour un *shot* de nostalgie, *go* vite vite *follow* @nineties.memes.
LA page à suivre si t'as grandi dans les années 1990.

LAURA & CLARA
j'ai aussi coécrit deux textes avec des followeuses magiques rencontrées en MP. Tu pourras pas les follow puisque c'est des gens de la vraie vie, mais sache qu'elles sont formidables.

allez bisous bb,
merci pour le lol.